AF305946

# PETITE MOSAÏQUE,

OU

## NOUVELLES BLUETTES EN PROSE ET EN VERS,

PAR

## HECTOR TOURNILHON,

Officier au 67ᵉ régiment de ligne, Membre de
la Société des sciences, arts et belles-lettres
du département du Var.

DUNKERQUE.
Imprimerie de Drouillard.
1839.

# LES VIOLETTES.

### COUPLETS.

> Heureux qui les reçoit, plus heureux qui les donne...
> Mais je plains le mortel qui, seul, en son ennui
> Va cueillir une fleur et la garde pour lui.
>
> MILLEVOYE.

Ces violettes si jolies
Sont un dépôt cher à mon cœur ;
Pour moi sa main les a cueillies
Et je suis fier de mon bonheur.

Ah!... qu'aux doigts d'un autre étincelle
Un or donné par les amours...
Aimables fleurs, que je tiens d'elle,
Je vous conserverai toujours.


Le temps qui détruit et dévore
Malgré mes soins les flétrira,
Même avant la deuxième aurore
Leur parfum s'évaporera ;
Mais de ma tendresse fidèle
Rien ne terminera le cours...
Aimables fleurs, que je tiens d'elle,
Je vous conserverai toujours.


Auprès d'elle un tendre délire
Chaque fois absorbe mes sens,
Et jamais je n'ose lui dire
Ce que je veux, ce que je sens.
De mon amour pour Isabelle
Je vous parlerai sans détours,
Aimables fleurs, que je tiens d'elle,
Je vous conserverai toujours.

# TRISTESSE.

### ÉLÉGIE.

*Ubi jam validis quassatum est viribus ævi*
*Corpus, et obtusis ceciderunt viribus artus,*
*Claudicat ingenium, delirat linguaque, mensque,*
    Lucretius (Lib. 3. — Vers 452).


Heureux l'adolescent que le trépas moissonne
Avant que la douleur ait ridé son front pur,
Avant que le chagrin ait fané sa couronne
Et que des pleurs amers mouillent ses yeux d'azur!...
    Son printemps n'aura point d'automne...


    Non, le monde et ses habitants
N'ont plus d'attraits pour nous quand le sort nous outrage
Et que nos tristes cœurs flétris avant le temps
    Perdent le feu du premier âge
    Et le charme des sentiments...
Si le passé nous livre à des regrets sans nombre,
Si le présent détruit nos rêves les plus doux,
    Et si l'avenir devant nous
    Se lève menaçant et sombre,
Alors par le dégoût notre esprit est vaincu ;
Sur les pas d'un bonheur qui nous fuit comme une ombre
On est las de courir et... l'on a trop vécu...


Heureux l'adolescent que le trépas moissonne
Avant que la douleur ait ridé son front pur,

Avant que le chagrin ait fané sa couronne
Et que des pleurs amers mouillent ses yeux d'azur!...
    Son printemps n'aura point d'automne.


    Insoucieuse, étrangère aux malheurs,
    Sourde à la haine, insensible à l'envie,
    L'enfance marche au sentier de la vie
    Ne respirant que le parfum des fleurs
    Et les baisers d'une mère chérie ;
        Rien en tous lieux
        N'est grâcieux
      Comme sa tête rose et blonde ;
        Ses longs cheveux
        Tombent soyeux
      Sur son épaule blanche et ronde,
        Et dans ses yeux
        L'azur des cieux
      Imprime une douceur profonde.
Mais plus tard, de l'amour on connaît les fureurs...
Les tourments de la gloire et la soif des richesses,
    Par des prestiges séducteurs
Nous entraînent bientôt à de lâches faiblesses
Et la vie, à nos yeux, sous quelques pâles fleurs
    Montre mille épines traîtresses.
Puis la vieillesse arrive avec son pied boiteux :
D'un cortège de maux toujours environnée :
Vrai squelette vivant, en son corps souffreteux
Elle tient la douleur à son sort enchaînée
Et sous le poids des ans courbe un front sans cheveux...


Heureux l'adolescent que le trépas moissonne
Avant que la douleur ait ridé son front pur,
Avant que le chagrin ait flétri sa couronne
Et que des pleurs amers mouillent ses yeux d'azur!...
    Son printemps n'aura point d'automne.

# UNE JOURNÉE A ALGER.

### Esquisse de mœurs.

## I.

Le canon du matin vient de retentir dans les murs d'Alger. Le sifflet des contre-maîtres sur les navires du port, les tambours et les trompettes dans les casernes de la ville annoncent au loin le réveil; les portes roulent sur leurs gonds devant les gardes sous les armes et les rayons du soleil s'abaissent déjà du *fort l'Empereur* dans la vallée de *Mustapha*. C'est l'heure de commencer nos observations et notre promenade. Néanmoins, avant de nous égarer dans le dédale des rues étroites et tortueuses qui serpentent dans cette cité, du haut de la terrasse où nous sommes accoudés, jetons çà et là des regards scrutateurs et surprenons, pour ainsi dire, au *saut du lit* la transition qui s'opère du sommeil au mouvement, du repos à l'activité et du silence au tumulte.

Voyez premièrement depuis la *Maison-Carrée* jusques à la porte *Bab-Azoun* à droite, et depuis la *pointe Pescade* jusques à la place *Bab-el-Oued* à gauche, se diriger ici pêle-mêle des Arabes et des Bédouins assis sur des chameaux et des dromadaires chargés de munitions de bouche, et puis des colons nés dans tous les pays qui s'élèvent en Europe sur le littoral de la Méditerranée, montés sur des ânes et des mulets également porteurs de provisions à vendre. Ils vont les étaler sur cette grande place qui forme un vide sous nos pieds et où déjà se pressent une infinité de spéculateurs qui veulent acheter à bas prix d'abord, pour placer avec bénéfice ensuite. Croiriez-vous, mon ami, que les premiers ( c'est des indigènes que je parle ), partis depuis plusieurs jours peut-être de la cime même de *l'Atlas* et n'ayant à espérer qu'un léger lucre de leurs ventes, ne feront pas la moindre dépense parmi nous, afin d'emporter dans leurs montagnes, pour l'y enfouir à jamais, tout l'argent qu'ils recevront de nous en échange de leurs denrées et que les seconds ( les Maltais, les Corses, les Mahonnais, les Italiens, les Espagnols et même les Français ) se trouvent dévorés d'une si grande avidité qu'ils sont seuls la cause de la cherté des objets de première nécessité? Ils les obtiennent pour peu de chose des habitants du pays et ne les cèdent que pour un gain exorbitant à leurs compatriotes. Il en est même parmi ces regrattiers qui vont *extrà-muros* et quelquefois à plusieurs milles de la ville s'emparer de première main et pour de modiques sommes de tout ce qu'ils trouvent sur la route, et ils y réussissent d'autant plus facilement que les indigènes s'estiment heureux de gagner par ce moyen et du temps et le droit d'entrée. Ainsi les Européens sont Arabes pour les Européens *( lupus est homo homini* (1), et les Arabes détournent de la circulation et du commerce tout le numéraire qu'ils touchent.

Descendons maintenant de notre observatoire. Marchons d'un pas mesuré comme celui du géomètre, parce qu'il est facile de glisser et de tomber quand de la ville haute on se dirige vers la ville basse. Remarquez en passant qu'il n'y a dans Alger que trois rues de grande voirie ( celles de *Bab-Azoun*, de *Bab-el-Oued* et de la *Marine* ) qui, beaucoup élargies par nos soins, ont acquis une forme presqu'entièrement française et permettent aux *prolonges* et aux *caissons* du gouvernement, ainsi qu'aux charrettes et cabriolets des particuliers, de faire entendre à tous ces murs qui n'y furent jamais habitués, le bruit insolite du cri de l'essieu et du mouvement des roues.

Nous voici enfin sur cette grande place dont la formation fit perdre à la capitale de la régence une fort belle *mosquée* et dix ou douze palais orientaux. Marché dans la matinée, place d'armes et de parade à midi, lieu de promenade le soir, où

---

(1) *Lupus est homo homini* est de Plaute. — Sénèque a dit : *ab homine homini quotidianum periculum.* Et J.-J. Rousseau a écrit quelque part: *l'haleine de l'homme est mortelle à l'homme.*

plusieurs rangs de chaises provoquent les causeries et les réunions, elle présente tour-à-tour, aux souvenirs du parisien, les prestiges de la halle, de la place Vendôme et du boulevard de Gand.

Entendez-vous, au milieu de cette Babel, cette confusion de langages et d'idiômes différents? Remarquez-vous cette incalculable diversité de costumes, cette singulière variété de physionomies portant toutes le cachet caractéristique d'une contrée ou d'une nation? Ne dirait-on pas que tous les points du globe ont des représentants ici et vîtes-vous jamais, dans un espace aussi retréci, un assemblage aussi curieux et aussi bizarre que celui qui frappe tous les jours nos regards en ces lieux?...

L'affluence des marchands et des acheteurs augmente d'un instant à l'autre. J'aime à suivre des yeux tous ceux que la curiosité, ou l'intérêt, ou l'amour conduit ici; à saisir au passage ces œillades significatives que l'on échange avec tant de rapidité; à deviner à la toilette d'une dame si elle n'a point en venant un autre but, un autre désir que celui de faire des emplettes; à distinguer dans ce groupe d'officiers qui jettent des fleurs et des compliments à quatre ou cinq jolies laitières, quels sont parmi eux les plus heureux auprès d'elles; à reconnaître, le soir, sur le sein d'une belle le bouquet que j'ai vu acheter, le matin, par un garçon ou un mari; à compter... que sais-je, moi?... La nomenclature des observations que me fournirait la chronique scandaleuse serait trop longue à faire. Songez que le nombre des hommes dépasse de beaucoup, de plus des quatre cinquièmes, le nombre de femmes qui se trouvent ici, que le soleil est brûlant, le climat voluptueux et la chair... faible... Je plains sincèrement le mari qui a son épouse dans Alger : entourée d'adulations et d'égards, excitée par la contagion de l'exemple et par l'influence de l'atmosphère, celle qui ne sera point ébranlée par l'or de ces vils usuriers qui prêtent sur nantissement au quinze pour cent par mois, succombera devant les offres de quelque riche employé qui s'engraisse dans l'administration des vivres; celle qui aura vu avec indifférence briller l'épaulette de l'infanterie, de la ma-

carine ou de la cavalerie, s'attachera à l'aiguillette de l'état-
major, et pour tout dire enfin, si jamais une femme unissait
son sort au mien, je croirais mériter d'être un... prédestiné,
en consentant à lui voir fouler d'un pied léger le sol corrompu
et corrupteur où nous marchons vous et moi... Ne souriez
pas, monsieur: quelques mois de séjour ici vous prouveraient
la vérité de ce que je dis. Du reste, les femmes, parmi lesquelles je pourrais citer d'honorables exceptions, n'ont peut-
être pas les premiers torts: il est peu de maris qui résistent
aux regards incendiaires de ces pâles andalouses, à la coquetterie de ces langoureuses italiennes, au teint bruni de ces
*vierges maculées* de Mahon, aux grands yeux de ces belles
juives et à la carnation si douce de ces filles maures dont jamais peut-être le soleil n'éclaira les traits délicats et expressifs.

Avant de pousser plus loin nos remarques, allons à *l'Hôtel
de Paris* où notre déjeûner est déjà servi sans doute, et puis,
nous porterons nos pas dans les alentours de la ville; ils offri-
ront, je pense, assez d'intérêt pour que vous m'écoutiez encore.


## II.


La composition de notre déjeûner vous a agréablement surpris; vous étiez loin de vous attendre, monsieur, à trouver
réunis, sur notre petite table à Alger, des mets qui feraient
envie aux habitués des *Frères Provençaux* et du *Rocher de
Cancale* à Paris. L'Europe et l'Afrique ont été mis à contribution pour nous: nous avons arrosé avec les meilleurs vins
d'Espagne, de Corse et de France la hure d'un sanglier que les
cavaliers de *Ben-Zégri* ont tué dans les marais de la *Métidja*;
un pâté de foie gras qu'un ami nous a envoyé de Strasbourg;
une perdrix que le plomb français a fait tomber sur le sol
africain et une de ces poules de Numidie qui, certes, valent
bien celles du Maine. Notre dessert vous a montré, entr'autres
choses, les grenades de *Coléah*, les dattes de Bellud-Gérie, les
Oranges de Palma, les figues de Provence et les muscats de
Xérès. Fi des abricots de la régence !... Ils sont tellement per-

nicieux pour la santé des Européens, que les Arabes désignent ce fruit par la dénomination de *Bourreau des chrétiens*. Convenez que l'on vit bien ici et qu'il y a beaucoup d'officiers d'état-major et de place qui peuvent augmenter, sans privation aucune, le nombre de leurs années de campagne, et qui, tant qu'ils ne sortiront pas de la ville, ne risqueront de mourir que d'indigestion.

Vous voyez là, au rez-de-chaussée, un appartement sale, enfumé, entouré de deux rangées de nattes de jonc et de paille, sur lesquelles des Maures et des Arabes sont assis, les jambes croisées, les pieds sans babouches, et fumant leur longue pipe de terre de Smyrne avec une gravité toute patriarcale, toute silencieuse. Eh bien! c'est ce que l'on appelle un *café maure*. On en trouve beaucoup ici. On y entend quelquefois avec l'accompagnement de la viole et de la mandoline, des airs qui irritent les nerfs sans charmer les oreilles et dont le rythme barbare et dur n'a rien de mélodieux et de réjouissant. Vous présupposez bien que ce n'est point dans un pareil bouge que je veux vous offrir l'inspirante liqueur qui plaisait tant à Voltaire (1). Nous la prendrons ici, dans ce riche et brillant établissement, où la magnificence de l'architecture orientale se marie, avec un goût exquis, au luxe introduit par la civilisation européenne. Cette jolie femme qui nous a accueillis d'un sourire si grâcieux et qui, à notre entrée, a agité sa blanche sonnette d'argent avec une main plus blanche encore, cette jolie femme, dis-je, a déjà acquis par sa beauté et ses galanteries une célébrité grande. Elle a enchaîné à son char, successivement et quelquefois simultanément, des chefs de tous grades de l'armée de terre et de mer; quelques riches *loups-cerviers* (2) français et des Maures très-opulents. Si à ses traits voluptueux et enivrants elle alliait plus d'esprit et de

----

(1) Il est une liqueur au poète plus chère,
Qui manquait à Virgile et qu'adorait Voltaire.
C'est toi, divin café.........        *(Delille.)*

(2) Expression dont M. Dupin s'est servi pour désigner l'espèce de spéculateurs qui viennent coloniser Alger et y porter les vertus de la civilisation.

philosophie, elle deviendrait une véritable Ninon pour Alger.

Vous paraissez étonné de ce que quelques indigènes montrent sur ce billard d'acajou une connaissance raisonnée d'un jeu qu'ils n'ont appris qu'après notre arrivée et sur lequel plusieurs d'entr'eux sont doués d'autant d'aptitude que MM. de Freyssinoux et Mingot. A l'une des dernières fêtes du Roi des Français, le prix de course fut pour un indigène, l'ascension du mât de cocagne fut opérée par un indigène, et l'embarcation qui arriva la première au but désigné était dirigée par un indigène.

Pour répondre à l'observation que vous venez de faire, j'ajouterai : ils ont de vigueur et d'adresse au moins tout autant que nous. Ils sont même animés d'un courage individuel que nos soldats n'ont certainement point : car nous en avons vu, le jour, se jeter isolément dans nos colonnes ; la nuit, se glisser furtivement dans nos camps, s'exposant à une mort presque inévitable. Tantôt c'est un Kabyle de Bougie qui passe, en rampant comme un reptile, entre les factionnaires, qui vient dans une ville entièrement occupée par nous, tirer à bout portant sur un officier et qui s'évade ensuite, satisfait d'avoir mortellement blessé un chrétien ; d'autres fois, pendant le mouvement rétrograde que feront nos troupes, un Hadjoute, seul, lancera son coursier dans nos bataillons et enlèvera au milieu des autres un homme qu'il saisira par les buffleteries ou le havre-sac. Assurément ces actes d'une si hardie témérité se renouvellent souvent parmi eux. Quant à nous, si l'on en excepte quelques faits surgis durant les belles années militaires de la république, il faudrait remonter aux beaux jours de défunte chevalerie, pour citer de pareils traits d'audace exécutés par des Français seuls, absolument seuls au milieu d'un grand nombre de leurs agresseurs. Nos hommes ont un calme, un sang-froid dans l'action que ne savent pas conserver ceux contre qui nous luttons sur ces bords ; mais vous en trouveriez peu ou point parmi nous qui iraient seuls dans le sein des rangs ennemis pour y frapper un homme et revenir ensuite. Notre valeur, notre puissance à nous est dans les masses ; elle n'est encore parmi les Arabes que dans les individus. Il leur manque deux nerfs de la guerre qui, quoi-qu'on en dise, y sont plus nécessaires que l'argent. C'est de l'artillerie et de la discipline. Mais patience!... La lenteur avec laquelle nous marchons sur le terrain conquis, leur donnera le temps d'apprendre nos procédés de tactique et de stratégie. Les Suédois de Charles XII enseignèrent à combattre aux Russes de Pierre-le-Grand, qui sait si nous ne serons point assez maladroits pour donner aux hordes de *Ben-Zamoun* et d'*Abdel-Kader*, une instruction, une expérience qui nous deviendront nuisibles. Nous leur fournissons bien des armes de temps à autres; les meilleurs fusils dont ils se servent contre nous viennent de nous: M. le maréchal Clauzel et M. le général Desmichel en savent quelque chose.

Tout en devisant de choses et d'autres, nous avons traversé une partie de la rue *Bab-el-Oued* et nous voilà arrivés sur une esplanade qui porte le même nom. Ces deux théâtres forains, dont les ais ne sont pas hermétiquent joints et permettent à un public non payant de jouir au-dehors des lazzis qui se font au-dedans, s'ils ne procurent pas d'énormes bénéfices à leurs entrepreneurs, leur font du moins recueillir d'assez fortes re-cettes: le *Fandango* et la *Cachucha* y sont dansés avec aban-don et volupté par une troupe espagnole et y attirent à toute heure de l'après-midi une certaine affluence de monde. Plus loin ( vous devez le voir d'ici ), s'élève un autre théâtre également en planches, plus grand et mieux distribué que ceux-ci. On l'appelle orgueilleusement le *Cirque*. Des acrobates y gambadent sur la corde raide et de mauvais mimes y représentent, les di-manches seulement et les jours fériés, les éternelles farces de Colombine et d'Arlequin. Ces divers tréteaux n'empêchent pas Alger de compter en outre une autre salle de spectacle où nous irons long-temps après que le *muezzin* aura invité les vrais croyants à réciter la prière du soir.

Ces *Muezzins* sont une sorte de derviches exclusivement des-tinés à faire entendre leur voix, du haut des minarets, pour annoncer au loin les moments où le mahométan doit se rendre à la *mosquée* ou prier les yeux tournés vers *la Mecque*. Quel-ques écrivains assurent qu'avant l'occupation par les Français de cette partie de l'Afrique, la jalousie des Turcs et des Maures exigeait que ces *moines-cloches* fussent aveugles, parce que de la cime de la tour sur laquelle ils remplissaient leur minis-tère, ils auraient pu distinguer les traits des femmes ou des concubines qui, chaque soir, venaient s'*esbaudir* sans voile et se promener sur les terrasses qui couvrent, au lieu de toit, toutes les maisons qu'ils habitent.

Nous allons maintenant monter jusqu'à la *Casbah*, d'où nous pourrons d'un seul coup-d'œil embrasser presque tout le périmètre de la ville. A l'entrée de ce cimetière dont nos com-patriotes ont violé les sépulcres, saluons en passant ce palmier majestueux que la hache vandale du génie militaire doit bien-tôt abattre. On en trouve peu qui produisent des dattes dans les alentours. Ceux de Sahara sont plus chargés et plus beaux. On en rencontre pourtant dans quelques *villas* circonvoisines.

Les premières familles arabes ou maures ont conservé un usage touchant que vous n'apprendrez pas sans y trouver quelque chose d'attendrissant et de poétique : dans les repas qu'une naissance, un mariage ou un grand événement solen-nisent, ils ont l'habitude de servir à leurs amis ou à leurs pa-rents une liqueur suave et délicieuse qu'on désigne sous le nom de *miel du palmier*. On l'obtient par une opération qui fait mourir ce roi des déserts et qui consiste, après en avoir coupé la cîme, à y creuser une cavité qui a la figure d'un cône renversé. C'est là que la sève monte, se réunit, se coa-gule un peu et forme un genre de sirop dont la saveur est beaucoup plus agréable que celle des dattes et du miel ; mais on ne peut le conserver long-temps sans qu'il ne prenne une aigre acidité. Durant chacun des premiers jours, la li-queur que l'on va puiser dans l'espèce d'entonnoir creusé ainsi au haut de l'arbre, suffit pour remplir quatre ou cinq grands vases. Puis cette quantité diminue insensiblement. Plus le pal-mier est vigoureux, plus ce produit est considérable ; mais il cesse tout-à-coup lorsque la sève est épuisée ou tarie. Alors le tronc et les palmes se dessèchent et ne peuvent plus être em-ployés que pour l'entretien du foyer ou les constructions des charpentes. Combien ce sacrifice doit coûter de regrets à l'Arabe! et combien il doit paraître plus beau, plus important, plus grandiose encore au voyageur qui connaît la vénération dont le palmier est entouré! Celui que l'on immole ainsi au plaisir de fêter dignement quelques convives, fut peut-être planté le jour même où naquit celui qui donne cette indubitable preuve de sa joie et de sa générosité; ils ont grandi ensemble; c'est sa mère qui l'arrosa en attendant qu'il fût assez robuste pour l'arroser lui-même; c'est par lui que ses palmes inférieures étaient émondées à mesure que, vieillissant, elles devenaient superflues; c'est lui qui, par le *Dlokar* et le rapprochement d'un arbre à fleurs mâles, a facilité le phénomène de sa fécondation; c'est sous son ombre qu'il a cherché souvent un refuge contre les ardeurs d'un ciel dévorant; ses branches ombelliformes ont protégé sans doute ses premières amours, alors que couché sur son *bernous*, il reposait sa tête sur le sein palpitant de son unique épouse (1)... Oh! oui, je le répète, un pareil sacrifice doit coûter beaucoup au cœur d'un Arabe... Quelquefois ces palmiers peuvent se dorer longtemps encore de leurs fruits; car ils vivent jusqu'à cent ans et ce n'est qu'à la trentième année qu'ils entrent dans leur état de plus grande vigueur et qu'ils se chargent de grappes plus nombreuses, plus savoureuses et plus pesantes.

## III.

Oui, monsieur, partout où l'islamisme étend son influence, la femme est assujettie à une condition ignoble et servile. L'éducation qu'on lui donne, les croyances qu'on lui fait partager lui imposent cet odieux esclavage qui se prolonge encore

---

(1) Le Coran permet aux croyants d'avoir jusqu'à quatre femmes légitimes à la fois; mais la plupart des Arabes n'en ont qu'une. Ils peuvent la répudier pour en prendre une autre et dans ce cas ils envoient au père de l'épouse chassée certaine somme ou certains présents qui ont été stipulés, en cas de séparation, dans le marché qui a précédé et conclu le mariage. Néanmoins ils peuvent avoir et presque tous ont plusieurs concubines.

pour elle quand elle a cessé de vivre. L'esclave chrétienne espère au moins, à son heure suprême, de marcher dans le ciel
l'égale de ceux qui l'opprimaient sur la terre; elle croit que,
sortie du même limon que ses maîtres, elle retrouvera là haut
le rang qu'on lui refusait ici-bas. Mais cette consolante illusion ne vient point embellir les derniers moments de la musulmane : durant sa vie, elle ne peut entrer dans la *mosquée* dont
ses pieds souilleraient les dalles : après sa mort, il n'y a point
de place pour elle dans un paradis que peuplent des *houris*
éternellement vierges quoiqu'éternellement caressées.

Les femmes arabes des *douars* ( on appelle ainsi la réunion
de quelques familles qui habitent, dans la campagne, des
chaumières en torchis ) ne portent point de voiles, marchent
pieds nus, sont enveloppées d'un *haïck* grossier, espèce de
vêtement de laine qu'elles tissent elles-mêmes sur un métier
*ad hoc*, portent plusieurs boucles à chaque oreille et divers
anneaux au coude-pied et au poignet. Ces derniers ornements
sont en cuivre pour les moins aisées et en argent ou en corail
pour les familles de distinction. Elles ont presque toutes le
teint hâlé par le soleil et s'occupent des soins intérieurs du
ménage, voire des travaux champêtres. Toute leur coquetterie
se borne à teindre leurs ongles d'une couleur rouge ou noire
et à se faire tatouer et barioler le visage de quelques étoiles
bleues ou rouges. Ce sont elles qui ont soin de préparer l'ap-
pétissant *couscoussou*, en ressassant sur un tamis la farine
délayée du maïs, du gland ou du froment, et en l'arrosant
ensuite ou avec du lait, ou avec du miel, ou avec le jus que
rendent, en cuisant, les viandes du bœuf ou du mouton. Pendant les incursions que nous entreprenons dans la plaine,
elles se retirent avec leurs enfants et leur bétail dans les gor-
ges des montagnes et laissent aux hommes le soin de nous
tenir tête, quand ils sont assez nombreux, ou de nous accompagner, en faisant feu sur nous, chaque fois que commence
notre mouvement rétrograde.

Combien plus belle, plus grâcieuse et plus élégante est la
femme du riche Arabe et du voluptueux maure qui demeure
dans les cités ! Quand elle se promène hors de la maison con-

jugale, elle est cachée, masquée (1) sous plusieurs voiles superposés de manière que l'on ne peut distinguer que ses yeux; elle marche et sous son large pantalon blanc le bruit des cercles d'or qui entourent la partie inférieure de sa jambe annonce quels sont le rang et l'opulence de son mari; elle regarde, et ses regards empruntent une expression plus vive et plus piquante au tatouage écarlate dont ses paupières sont colorées ; elle se retourne et l'espèce de duègne qui l'accompagne vous dit par sa présence qu'elle est la propriété ( c'est le mot ) d'un maître obséquieux et jaloux. Ses pieds que des tissus de coton et de soie ne couvrent point, sont emprisonnés, sans y être gênés, dans des babouches de maroquin vert ou rouge sur lesquelles sont brodées des arabesques en or. Elle ne sort ainsi que pour aller provoquer, dans les étuves du bain maure (2), une salutaire et agréable transpiration ou pour que l'acier du rasoir, plus efficace que les onguents dépilatoires, lui fasse une opération que ne voudraient point supporter nos Européennes et qui les étonnerait beaucoup si j'étais disposé à la leur faire connaître.

La figure de la Mauresque et de la Musulmane n'a été contemplée que par celui à qui elle a été donnée ou vendue. Rien n'est comparable à la blancheur de son teint, qui n'est presque jamais exposé à l'action du soleil. Sa jeunesse dont elle n'est fière que pour un seul homme et dont un seul homme peut jouir, est un don bien court, bien éphémère pour elle : nubile à son deuxième lustre, il est rare qu'à son cinquième elle soit encore jolie, et avant qu'elle ait compté trente ans, la femme est généralement vieille ici. Dans ce pays brûlant, si elle commence plus tôt que dans le nôtre à inspirer et à partager des désirs, elle finit plus tôt aussi d'en sentir et d'en faire naître.

---

(1) Dans plusieurs villes méridionales de la France, le mot *mouresque* est employé pour désigner une personne qui prend un déguisement et un masque durant le carnaval. Il est aisé de comprendre que l'étymologie de cette expression patoise vient de mauresque.

(2) Les familles de distinction ont des étuves dans leur propre maison et ne vont point aux bains publics.

C'est une observation du reste que vous pouvez faire dans toutes les contrées situées sous les zônes torrides. Les fleurs les
plus précoces sont toujours les plus tôt flétries.

Je dois ajouter, monsieur, que les indigènes ont une singulière façon de considérer la beauté ; ils la font consister dans
un embonpoint qui serait une monstruosité parmi nous. Dans
les *harems* comme dans l'intérieur des autres habitations, les
mères qui veulent établir convenablement leurs filles, s'atta-
chent à leur laisser faire peu de mouvements et ne les nourrissent qu'avec des substances propres à leur donner une obé-
sité qui va quelquefois jusqu'à leur ôter leurs facultés loco-
motives. Ce qui ne les empêche point d'être préférées à toutes
les autres. Aussi jamais une robe étroite ne dessina leur taille,
jamais un corset grâcieux ne contint leur gorge d'albâtre.

Je me résume : assujettie aux caprices, à la tyrannie des
hommes ; repoussée par le Coran du sein d'une religion qui
l'avilit et la méprise ; livrée à un époux qui peut lui donner
impunément la mort sur la simple apparence d'un soupçon et
lui préférer des rivales sans qu'elle ait le droit de se plaindre,
la femme est ici plus esclave que partout ailleurs.

Et c'est du milieu de ces institutions *anti-gynécocratiques*
que le saint-simonisme voulait faire surgir la femme libre !...
Eh ! s'il est vrai, comme on l'a dit, que l'occident se repose
fatigué d'avoir enfanté le père Enfantin, il est probable aussi
que le tour de l'Orient n'est pas encore arrivé et que la venue
du Messie réalisera les chimères des enfants de Moïse, avant
que l'apparition de la mère ne vienne justifier les utopies mys-
tyques des apôtres de St.-Simon.

## IV.

La citadelle de la *Casbah*, où nous sommes enfin arrivés,
ne devint le lieu de la résidence du dey qu'à l'avénement de
Hussein, c'est-à-dire le 1ᵉʳ mai 1818. Ce prince, qui n'en était
pas sorti deux fois peut-être quand notre armée victorieuse
l'en chassa tout-à-fait, ne voulut point habiter le palais qu'en-

sanglantèrent ses prédécesseurs, et pour ne point périr de mort violente ainsi qu'eux tous, il se renferma constamment ici. Ces embrâsures que vous voyez pratiquées les unes sur les autres et dans tous les sens, étaient garnies de bouches à feu placées de manière à balayer les rues adjacentes en cas de révolte et à réduire en cendres, au besoin, une grande partie de la haute et basse ville. Cette maison vis-à-vis, où un café est maintenant établi, servait alors au logement de ses janissaires. Ces précautions ne lui furent point inutiles, attendu que son règne a été un des plus longs et des plus paisibles qu'offrent les annales de la régence.

Puisque vous paraissez ignorer, monsieur, les raisons qui amenèrent la conquête d'Alger et la destruction de la piraterie dans la Méditerranée, je vais recueillir mes souvenirs et m'expliquer à cet égard le plus brièvement possible. Et d'abord vous saurez que vers la fin du siècle dernier, le bey de Tunis voulant, pour complaire à la plus belle *odalisque* de son *harem*, lui faire présent d'un magnifique *sarmah* en or, eut pour cela recours à l'entremise d'un juif d'Alger, nommé *Bacri*. Celui-ci, au moyen de douze mille francs qu'il déboursa, le fit confectionner par un orfèvre de Versailles et l'envoya ensuite à Tunis en en demandant trente mille francs. Le *sarmah* parut superbe et brillant : la hardiesse de ses dessins en filigrane étonna le bey ; la pureté de l'or, le fini du travail et la richesse des ornements le charmèrent également. Aussi ne trouva-t-il point exorbitant le prix demandé ; mais son trésor étant obéré, il paya le juif avec une grande quantité de mesures de blé et l'autorisa à faire d'autres exportations des grains de Tunis, sans être soumis à des droits quelconques. Le juif s'associa à un autre, puis MM. Bacri et Busnach vendirent leur froment aux fournisseurs des armées d'Egypte et d'Italie. Ils se virent bientôt créanciers de notre gouvernement pour une somme de plusieurs millions. Un traité passé en 1801 entre la république française et le dey d'Alger *Mustapha*, consacra l'obligation de dédommager les sujets des parties contractantes qui auraient été lésés par nos guerres ou qui auraient approvisionné nos troupes. Mais la Restauration apporta quelques changements, quelques retards dans l'exécution de ces articles. Bacri n'étant pas payé, intéressa en sa faveur *Hussein* qui écrivit plusieurs fois pour lui et pour d'autres. Le dey réclamait quatorze millions. Ses prétentions ayant été réduites à sept millions par la France, 4,500,000 fr. avaient été payés en 1820, tandis que les 2,500,000 fr. restant avaient été versés dans la caisse des dépôts et consignations, à cause des oppositions faites par les créanciers de Bacri. Nos cours royales n'avaient point encore statué sur la validité de ces oppositions. Hussein, que ces lenteurs contrariaient, envoya une dernière lettre au roi de France plus pressante que les premières. Blessé de ne point recevoir de réponse, il s'en plaignit publiquement à M. Deval, notre consul, qui, lui ayant répliqué d'une manière irrévérentieuse, en reçut un coup de *chasse-mouche* sur la joue. *Indè iræ!* Le consul se retira, outré de cette insulte. La France, pour le venger, mit une escadre à la mer et le 5 juillet 1830, le drapeau blanc était arboré sur les remparts d'Alger. Ainsi les petites causes produisent les grands effets; ainsi il a fallu que le bey de Tunis ne pût payer qu'avec du blé le *sarmah* commandé pour sa maîtresse; il a fallu que la disette des vivres dont avaient besoin les soldats républicains sur les côtes de la Provence, portât un israélite d'Alger à nous vendre le blé qu'il avait reçu en échange du sarmah; il a fallu que le paiement de ce blé, contesté par des dissidences qui se comprennent, provoquât une réponse irréfléchie d'un consul et un coup d'éventail du dey pour que ce repaire de pirates fût détruit à jamais; pour que le chef de l'Algérie, vaincu, transportât les débris de sa fortune sur la Méditerranée et pour que, quelques jours plus tard, par contre-coup et par suite d'un même enchaînement de choses, trois générations de rois de France confiassent à l'Océan les restes de leur grandeur éteinte. Tant il est vrai que le *sarmah* de la favorite du bey de Tunis a fait voyager presqu'en même temps et sous l'impression des mêmes revers, Hussein d'Alger à Livourne et Charles X de Paris à Holy-Rood, *Sic transit gloria mundi.*

La *Casbah* sert maintenant de caserne à nos soldats. **Dans**

ces chambres pavées de marbre et ornées de colonnes élégan-
tes, ils reposent sur des lits moëlleux qu'ils doivent à la sol-
licitude de M. de Rovigo. En effet, avant que cet officier-
général eût été appelé au gouvernement de la colonie, nos
hommes se formaient un hamac avec le sac de campement et
la couverture que chacun d'eux recevait en entrant en campagne; mais ce mode de couchage engendrait beaucoup de
maladies parmi eux. Les nuits sont meurtrières ici pendant
certains mois de l'année; plus la journée a été brûlante, plus
la nuit est froide, et cette transition rapide d'une chaleur excessive à une fraîcheur excessive aussi ne pouvait que nous
être funeste, surtout quand, durant les heures du sommeil,
nous avions si peu de facilité pour nous couvrir. Il était donc
important d'obvier à un inconvénient aussi préjudiciable; le
gouverneur, qui était partisan prononcé de la brutalité du
système turc (souvenez-vous des massacres d'Aouffia), frappa,
de son autorité privée, les habitants musulmans de la ville de
cette contribution des laines si décriée et pourtant si utile.
Les Maures, tout en se plaignant, tout en murmurant, n'en
obéissaient pas moins; le versement de leur argent et de leurs
laines s'opérait sans difficulté. Mais leurs réclamations, ap-
puyées par leurs co-religionnaires *Ibrahim*, *Bouderbah* et
*Bocaïel*, furent accueillies favorablement à Paris. En consé-
quence, les fonds qu'ils avaient déboursés et les livraisons en
nature qu'ils avaient fournies leur furent aussitôt restitués.
Je ne chercherai point à vous parler en ce moment de l'oppor-
tunité de cette détermination de notre ministère; je vous dirai seulement que le but que se proposait M. de Rovigo n'en
fut pas moins atteint et que la compagnie Vallé passa dès-lors
un marché pour fournir des sommiers, du linge et des mate-
las au corps d'occupation. Ce qui a donné les résultats les plus
satisfaisants et a fait diminuer chaque année le chiffre, si
élevé dans le principe, de nos morts et de nos malades.

Les spoliations de la conquête n'ont point assez mutilé les
fontaines et les jets d'eau qui jaillissent et coulent des bassins
de marbre de la *Casbah*, pour dépouiller tout-à-fait ces beaux
lieux de leur couleur orientale. Il s'y trouve encore beaucoup

de choses à admirer; mais comme nous avons à visiter des monuments mieux conservés et plus élégants, nous porterons ailleurs, si vous le jugez à propos, et notre attention et nos pas.

Remarquez-vous que cette partie supérieure de la ville a subi fort peu d'altération et que les habitations qui sont autour de nous ont presque toutes conservé leur forme, leur structure primitives. Dans les quartiers inférieurs, au contraire, dans ceux compris depuis la jetée *Schéreddin* (1) et la porte de la Marine jusques à la ligne quasi-droite que tracent les rues *Bab-Azoun* et *Bab-el-Oued*, les colons ont importé leurs grandes portes, leurs larges fenêtres et leurs abat-jour du continent européen. Chaque moment voit surgir de plus nombreuses innovations et je ne désespère pas de voir bientôt le voyageur chercher vainement ici les prestiges qui l'y auront attiré. Si les craintes que soulève en moi cet esprit de vandalisme venaient à se réaliser, je verrais avec douleur de lourds clochers remplacer les hardis *minarets*, d'où tombait, non le son aigre de la cloche, mais la voix grave et retentissante du *muezzin*. Les tuiles d'argile artistement alignées ou les feuilles d'ardoises reluisant au soleil, seraient moins agréables, selon moi et bien d'autres, que ces terrasses parfumées où l'oranger, le citronnier et des arbustes odoriférants mêlaient leurs suaves émanations. Je regretterais toujours ces filets d'eau pure qui, murmurant sur le jaspe ou le marbre, répandaient dans chaque maison le sommeil et le frais; ces tapisseries de faïence et de porcelaine, dont les couleurs variées et brillantes étaient si aisément rajeunies et surtout ces petites lucarnes, espèces de créneaux rares et étroits par où les Turcs et les Maures, si recherchés dans leurs voluptés, recevaient à peine de l'extérieur quelques doux reflets de la clarté du jour et qui, non-seulement ne permettaient pas aux indiscrets de plonger un regard curieux dans l'intérieur, mais qui encore entrete-

---

(1) La jetée Schereddin, ou d'Ariadan-Barberousse (le môle), fut commencée et finie en trois ans sous ce chef de pirates. Trente mille esclaves chrétiens y furent, dit-on, employés (1525).

naient dans les appartements une fraîcheur continuelle et
salutaire...

Ne pensez pas, monsieur, que c'est pour animer notre conversation ou pour faire de la poésie en prose que j'exhale ces
doléances. Elles sont malheureusement trop justifiées par les
dévastations et les déprédations dont j'ai été témoin durant
les premiers temps. Faut-il le dire?... à ces nombreux parve-
nus qui, cherchant à dépenser l'argent qu'ils étaient étonnés
d'avoir acquis si vite, renversaient des édifices pour en cons-
truire de nouveaux et avaient le mauvais goût de substituer
un système d'habitation sans grâce à un système qui suffisait
aux besoins et aux recherches des indigènes les plus efféminés;
à ceux-là, dis-je, se joignaient une foule de démolisseurs au
petit-pied : ici c'étaient des spéculateurs qui s'étaient enrichis
en vendant et revendant des propriétés *in partibus*, situées
dans des lieux où jamais peut-être une charrue française ne
déchirera la terre africaine; là c'étaient des marchands opu-
lents qui, après avoir grassement arrondi leur pécule en ver-
sant à boire à la victoire et à ses favoris dans de grossières
barraques, avaient jeté aux orties la défroque du cantinier
pour revêtir le titre ambitieux de négociants en gros et en
détail. Ailleurs, c'étaient de hauts et bas employés civils et militaires qui consacraient une partie de leur autorité et de leur
traitement à des achats aussi scandaleux que lucratfs et, en un
mot, dans presque tous les rangs, parmi toutes ces classes
d'enfants-perdus que la civilisation d'Europe versait sur la
barbarie d'Afrique, on remarquait des hommes qui s'empa-
raient, sans droits aucuns, des plus riches ornements des
cours et des jardins, des fûts, des chapiteaux et des socles,
des bassins et des vases, et qui, après en avoir dépouillé la
demeure, où ils logeaient ici, les envoyaient à leur famille,
ou bien les revendaient à d'autres agioteurs. Ces vols illicites,
ces pillages désordonnés se sont renouvelés d'abord sans empêchement, ensuite sans vergogne. Maintenant c'est bien
changé; mais que d'abus encore!...

## V.

Parmi les Africains qui habitent ou fréquentent Alger sont :
1° les Juifs et les Maures, confondus sous la dénomination
arabe de *Beldis* qui signifie citadins ( de *Blad*, ville ). Adon-
nés au commerce, ils ne sont pas doués de qualités guerrières ;
2° les Arabes de la plaine et de la montagne, qui, braves et
industrieux, vendent le produit de leur chasse ou les récoltes
de leur terre pour acheter les armes et les munitions avec lesquelles ils défendent leur indépendance et leur religion ; 3° les
Nègres et les *Biskris*, qui se vouent par nécessité aux profes-
sions les plus viles, sont commissionnaires, porte-faix, do-
mestiques, etc., etc.

Les Juifs sont ici, comme partout, cupides, humbles et dissi-
mulés ; comme partout ils portent sur leurs traits le cachet
caractéristique qui les isole et les fait distinguer au milieu des
autres nations. Ils n'étaient point attachés aux deys ni aux
Turcs, ils ne sont pas attachés davantage aux Français qui
pourtant les ont affranchis de mille servitudes humiliantes que
les Musulmans exigeaient d'eux. Ils ne sont constants que dans
leurs croyances religieuses, que dans leur insatiabilité pour
l'acquisition des richesses. La couleur sombre de leurs vêtements est à peine relevée par quelques petites broderies, et
leur habitude d'esclavage a donné quelque chose de fauve à
l'expression de leurs regards. Leurs femmes ne portent point
de voiles sur le visage, mais en ont un et quelquefois deux
suspendus derrière leur tête à cette longue coiffure appelée
*sarmah* qui se compose d'une feuille laminée et conique de
cuivre, d'argent ou d'or, où serpentent des myriades de li-
gnes découpées avec originalité en filigrane ; les bonnets de
nos cauchoises ne sont pas à beaucoup près aussi longs. Elles
ne portent pas de pantalons, ont les jambes nues, les cheveux,
les sourcils et les ongles peints. Jamais elles ne serrent leur
taille dans un corset. Leurs *robes* traînantes, brunes ou bleues,
sont très-échancrées par-devant et nouées à la ceinture par un

foulard ou tissu en couleur. L'intérieur de leur ménage n'est pas un modèle de propreté. Elles ont pourtant conservé quelques restes de la physionomie antique que les livres saints leur ont donnée. Voyez auprès de cette fontaine ce groupe de Juives qui attendent leur tour pour puiser de l'eau. Quoique ce soit la première fois que ce tableau s'offre à votre vue, ne vous semble-t-il pas que vous le connaissiez déjà ? Ces urnes sont absolument semblables à celles dont nos gravures et nos souvenirs ont chargé les filles des Hébreux au temps des patriarches, et en les retrouvant ici vous murmurez involontairement les noms de Rachel et de Rebecca.

Les Maures sont vêtus avec recherche, avec élégance. Leurs turbans sont riches et éclatants. Leurs vestes sont brodées d'or et de soie. La ceinture qui retient leur vaste culotte est toujours un objet de prix et de goût. Leur linge est d'une finesse remarquable. Leur longue barbe et leur démarche grave prêtent à leur personne, sous ce magnifique costume, un je ne sais quoi de majestueux que nos habits européens sont bien loin de donner à l'homme. Riches et voluptueux, ennemis des chrétiens, mais efféminés, ils sont les moins dangereux et les plus remuants des indigènes qui nous entourent. Ils ne ressemblent pas à ces dominateurs des Espagnes qui, braves et galants tour-à-tour, ont laissé partout où leur esprit de conquête les porta, de beaux monuments et de nobles souvenirs; ce ne sont plus ces hommes qui, durant le moyen-âge, avaient devancé toute l'Europe sur la route progressive de la civilisation: ils ont perdu tous les prestiges attachés à leur vieille origine. Énervés et orgueilleux, avares et fanatiques, ils n'ont rien de ce qui constitue ou la grandeur ou le génie. Tous les jours ils conspirent contre nous dans l'ombre. Quelques-uns d'entr'eux ont brigué et obtenu les faveurs d'un gouvernement qu'ils tâchent de détruire. Plusieurs ont obtenu la décoration de la Légion-d'Honneur, les uns siègent au conseil municipal, les autres occupent des postes plus élevés. Leurs sourdes menées ont été déjouées plus d'une fois, ce qui ne les empêchera point d'en recommencer de nouvelles. L'un des principaux agitateurs qu'ils comptent dans leurs rangs est cet *Ibrahim-Mustapha-Pacha* que je vous ai montré il y a un instant et qui n'en porte pas moins sur sa poitrine le ruban de la croix des braves. Il est fils du dey *Mustapha* qui fut assassiné ici au commencement de ce siècle dans une révolte de janissaires. C'est à la France qu'il doit l'importance qu'il a et c'est contre la France qu'il s'en sert. Il préfère M. le général Drouet-d'Erlon à MM. Rovigo et Clauzel, et cette préférence fait l'éloge de l'administration éclairée et ferme des deux meilleurs gouverneurs que nous ayons eus.

Les Arabes de la plaine et surtout ceux des montagnes ( les Kabyles ) n'étaient point soumis aux deys d'Alger; les quelques *douars* circonvoisins qui lui payaient des tributs ne s'y soumettaient qu'à regret et souvent il fallait les prélever à main armée. Le fort Dupont ( Bordj-el-Cantara ) à qui, à cause de sa forme, nous avons donné le nom de *Maison-carrée*, était un poste avancé d'où les janissaires partaient à l'improviste pour aller piller les Arabes retardataires ou récalcitrants. Ces hommes, si fiers de leur indépendance, n'ont jamais voulu se courber sous le joug de ces Turcs et de ces pachas qui adoraient comme eux le dieu de Mahomet, et des utopistes s'imaginent qu'ils viendront s'allier, se confondre avec nous, qui sommes séparés d'eux par cette profonde ligne de démarcation que creusent, entre leur conviction et la nôtre, la différence et l'antipathie de deux religions rivales! Mais leurs mœurs sont celles qu'ils avaient il y a quatre mille ans. Les siècles qui détruisent ou changent tout ont jeté leur poussière sur les ruines de Tyr, de Carthage, d'Hyponne et de Palmyre; mais n'ont rien pu sur eux. Les Romains qui, mieux que nous, mieux que les Anglais mêmes, se connaissaient en civilisation, n'ont pu faire prendre racine sur ce sol libre à leurs institutions et à leur autorité, et, suivant leur maxime de

*Parcere subjectis et debellare superbos* ( Virg. ),

ils ont combattu long-temps et toujours inutilement ces peuplades barbares et indomptées. Or, pour nourrir l'espoir conjectural de les lier jamais à nous, qu'avons-nous ( répondez avec franchise ), qu'avons-nous à leur donner en échange de la nationalité, de l'individualité sociale que nous leur enlèverons? Est-ce la liberté?... Ils se croient (et peut-être n'ont-ils pas tort ) mille fois plus libres que nous. — Est-ce un gouvernement?... Ils en ont un, eux, qui ne change pas; ils nous ont vu déjà deux drapeaux différents; on leur a appris les oscillations qui depuis cinquante ans ont agité parmi nous les gouvernants et les gouvernés, et notre inconstance ne leur permet pas de se persuader qu'ils auront demain les lois que nous leur imposerons aujourd'hui. — Est-ce nos vêtements, notre luxe?... Ils sont pauvres et sobres; ils ne sont pas esclaves des besoins que la corruption a créés parmi nous. — Est-ce enfin une religion?... Ils en ont une à laquelle ils ajoutent une foi pleine, entière et aveugle, tandis que nous n'en avons pas, oui pas; car vous savez plus qu'un autre que le nombre des chrétiens qui croient n'est pas grand en France, et qu'ici, dans les casernes des soldats comme dans les habitations des particuliers, il est bien plus imperceptible encore. Ces rapprochements que je pourrais développer plus longuement, si je n'en voyais pas l'inutilité près de vous, ne sont pas à notre avantage et vous font sentir l'impossibilité d'une fusion quelconque entre de pareils hommes et nous. *Non coeunt contraria.*

Je ne vous parlerai pas aujourd'hui, monsieur, des Kabiles qui habitent, dans le petit Atlas, la chaîne de montagnes qui s'étend jusqu'à Bougie. Si vous me suivez quelque jour dans cette ville, je vous les montrerai tels qu'ils sont, tels qu'ils ont été, tels qu'ils seront probablement long-temps encore. Vous reconnaîtrez en eux les anciens Numides et vous les retrouverez tels qu'ils étaient au temps où l'historien Salluste, alors proconsul en Afrique, écrivait les guerres contre Jugurtha.

Il me reste donc à vous donner rapidement un aperçu des mœurs des Arabes de la plaine. En voilà précisément trois qui se promènent devant nous. Remarquez la vivacité de leurs regards qui donne une expression si énergique à leurs traits mâles, bruns et hâlés par le soleil. Leurs bras nus et nerveux, leurs larges épaules, leurs jambes musculeuses et déliées comme celles de leurs chevaux, tout en eux annonce une force peu ordinaire. Un *haïck* déchiré entoure leur corps robuste et est surmonté d'un *bernous* blanc avec ses franges et son capuchon. Le plus pauvre d'entr'eux n'a pas de *bernous* et a la tête entourée pour toute coiffure d'une corde de poils de chameau. Le *haïck* et le *bernous*, voilà toute leur toilette; c'est avec ces deux simples vêtements de laine qu'ils bravent le chaud et le froid, la pluie et la poussière, le sable et les ronces. Les chemises, pantalons, mouchoirs, bas, gilets, cravates n'entrent jamais pour rien dans leur accoutrement. Ce n'est point là qu'ils font consister leur richesse; un cheval et des armes, c'est tout ce qu'ils ambitionnent quand ils sont pauvres, et quand ils sont riches, leur luxe est dans leurs troupeaux et dans leurs *hymas* ou tentes. Les tribus les plus rapprochées d'Alger bâtissent, au lieu d'*hymas*, des chaumières dont les murs sont composés d'un ciment de terre grasse, mêlé avec de la paille ou du foin. Les magasins, les greniers souterrains où ils enfouissent leur orge et leur blé, se nomment *silos;* leurs denrées y sont à l'abri de l'humidité et s'y conservent parfaitement. Du reste, ils ne sont pas d'une propreté à citer pour modèle: sous leurs manteaux si blancs, les Arabes de toutes les conditions nourrissent et tolèrent des hôtes dégoûtants dont la grosseur étonnerait un Espagnol même et qui de temps à autre font faire à leurs épaules un mouvement qui n'a rien de poétique. Joignez à la présence de cette sale vermine l'usage qu'ils ont de ne point étouffer, en public comme au milieu des compagnies les mieux choisies, le bruit malhonnête de ces vents nauséabonds qu'un estomac trop chargé fait sortir du gosier, et vous vous ferez alors une idée de leur saleté.

Leurs fusils sans baïonnettes ont le canon plus long que le nôtre; leurs batteries sont absolument semblables à celles des Espagnols, mais généralement en mauvais état. Leurs *yatagans*, ces sabres *recourbés en forme de quartier de lune* ( comme disent nos soldats ), sont d'une excellente trempe; le nombre de chrétiens qu'ils ont tués est marqué sur le dos ou sur le plat de la lame par des espèces d'entailles de crans qu'ils y font chaque fois qu'ils en ont abattu un. La supériorité de leurs chevaux est incontestable : nous avons vu souvent leurs cavaliers tirer, charger et retirer encore en maintenant leur monture au galop allongé, non-seulement pendant les escarmouches qu'ils nous livrent dans la plaine, mais encore toutes les fois qu'ils rendent les honneurs à un *cheik* ou à un *marabout* qu'ils accompagnent.

Les *marabouts* sont des Musulmans qui se sont sanctifiés par le pélerinage de la *Mecque* et qui, par leur connaissance du Coran autant que par leurs vertus personnelles, s'attirent la vénération des vrais croyants. La transmission héréditaire de ce titre fait reporter sur les fils et les descendants le respect dont on environnait le père. Mais rien n'est comparable à l'enthousiasme qu'ils inspirent quand ils sont de retour de ce long voyage entrepris pieusement pour aller visiter la *vénérable mère des villes* (1). Les pans de leurs bernous sont baisés religieusement. Chacun veut porter à ses lèvres le bout du bâton qui a touché la pierre noire sur laquelle est gravé le pacte de Dieu avec les hommes et qu'Abraham a déposé dans la sainte chapelle de la *Keabé*. Tous demandent avec instance de pouvoir mêler à leur eau ordinaire une goutte de celle dont les pélerins ont rempli une fiole dans ce puits de *Zemzem* que l'ange fit jaillir jadis pour désaltérer Agar et Ismaël mourant de soif dans le désert. Le bonheur de ceux qui obtiendront un grain de chapelet sorti des colonnes d'ébène de la Grande-Mosquée sera envié de tous les autres, parce que ce présent doit être pour eux une source de prospérité et de joies. L'asile dans lequel les *marabouts* habitent est réputé sacré ; il devient un refuge assuré pour le criminel et le *taleb* vient s'y instruire des mystères de l'*Alcoran*, afin de pouvoir ensuite exercer plus dignement les doubles fonctions d'iman de la mosquée et de précepteur des jeunes enfants.

Le puissant empire que la religion exerce sur l'esprit des Arabes est, ainsi que je vous l'ai déjà démontré, monsieur, l'obstacle le plus insurmontable que puisse rencontrer ici notre domination. Le caïd de Bouffarick qu'ils ont assassiné

(1) Nom que les Musulmans donnent à la Mecque.

parce qu'il nous était dévoué ; les meurtres commis journelle-
ment sur les colons qui ont l'imprudence de dépasser isolément nos avant-postes ; les Français qu'ils ont égorgés naguère,
à quelques pas de notre arrière-garde, le jour où tout un
corps d'armée accompagnait jusqu'à *Bélidah* M. le général
Bonnet et la commission supérieure ; deux cents autres actes
de férocité et de fanatisme qu'il serait trop long de citer ici,
prouvent irréfragablement combien ils sont peu disposés à
se rapprocher de leurs vainqueurs. Que si dans un petit nombre de *douars* du voisinage on nous fait des *salamalecs* et des
promesses, c'est qu'immédiatement exposés à nos coups, ils
ne pourraient rien entreprendre contre nous sans être promptement châtiés. Le carnage nocturne d'*Aouffia* a prouvé une
fois que le jour où une tribu nous insultait pouvait ne pas
avoir de lendemain pour elle.


## VI.


Il est temps maintenant de nous rendre à cette salle de
spectacle où j'ai promis de vous accompagner. Chemin faisant,
je vous déroulerai le tableau des dernières révolutions qui s'y
sont opérées.

Voyez ce que c'est que l'instabilité des choses humaines !
Voyez comme tout passe et change sur ce globe sublunaire !
Après avoir détrôné le *dey Hussein*, Charles X se voit aussi
arracher sa couronne ; après avoir été expulsé lui-même du
Brésil, don Pedro a chassé don Miguel du Portugal ; le roi de
Hollande a eu beau protester contre les cent et un protocoles,
il n'en a pas moins été obligé de céder à Léopold la moitié de
son royaume, et M^{me} Dacostat, la directrice qui régnait seule
naguère sur la scène d'Alger, s'est vue forcée également de
se dépouiller de la moitié de son autorité et de partager avec
M. Désorme les suprêmes soucis de l'administration théâtrale.
Aussi depuis quelques semaines *les artistes sous la direction
de M^{me} Dacostat et de M. Désorme, ont l'honneur de donner*

*au public des représentations de* Lucrèce Borgia *, de* la Tour de Nesle, *de* l'Orpheline de Genève, *voire d'*Hamlet, etc.

Les grelots du carnaval n'ont été agités ici que pendant les trois derniers jours. La salle du spectacle a été consacrée à plusieurs bals qui, s'ils n'ont eu d'autre mérite, pourront compter du moins celui d'avoir montré aux Africains jusques à quel degré les Européens peuvent descendre sur l'échelle de la folie et de la corruption... Mais passons, passons!...

Le lundi-gras, on annonça inutilement un bal au théâtre *avec l'intermède de la loterie d'une montre;* nul ne se présenta et le couple directeur en fut pour ses frais de luminaire et d'affiches. Cette absence totale d'amateurs était occasionnée par une concurrence à laquelle vous ne vous attendez sans doute pas; c'est qu'il y avait ce jour-là soirée à l'intendance civile et que M. Genti de Bussi fut plus heureux que M. Désorme. Quoiqu'il en soit, le lendemain il y eut un dédommagement complet ; la recette fut grande et l'affluence des spectateurs avec ou sans masque fut telle qu'on s'en étonne encore en se la rappelant. Pendant que certains maris pestaient en perdant leur *va-tout* à l'écarté, leurs épouses ou leurs maîtresses (ces deux mots sont souvent pris l'un pour l'autre ici) s'esbaudissaient dans des quadrilles et des galops, ou se rafraîchissaient gaiment chez M^{me} Désorme qui cumule le théâtre et le café, de la même manière que M^{me} Dacostat réunit sur sa tête le loyer des déguisements et la location des loges.

Nous avons compté aussi dans cette enceinte plusieurs espèces d'émeutes... Que ce dernier mot ne vous effraie point : toute la fermeté du commissaire de police L.***, toute la gravité du commandant de la place A***, ont été plus d'une fois mises en scène; défense a été faite à des sous-aides, élèves en pharmacie ou en chirurgie, de se présenter ici autrement qu'en tenue; les lustres ont souvent été éteints avant l'heure ; la toile est tombée à plusieurs reprises avant la fin de l'acte, et ces grandes secousses théâtrales ont eu de fâcheux résultats pour les habitués et surtout pour les actionnaires. Quoiqu'il en soit, l'administration théâtrale n'émigrera point à *Oran,* ainsi que le prétendaient quelques-uns de ses envieux. Alger sera encore long-temps heureux de la posséder, pourvu toutefois qu'elle ne présente plus aux rires du public *le paillasse des chansons de Béranger* : M. le général A*** ne veut pas qu'on *le* joue.

Ce n'est pas le moment ni le lieu de vous tracer les silhouettes de cette foule de spectateurs qui se pressent ici dans ce moment : vous savez ( nos journaux l'ont assez publié, nos députés l'ont assez proclamé, vos relations vous l'ont assez démontré ), vous savez que la plus grande partie des individus qui se rendent à Alger sont des aventuriers qui, ayant plus à gagner qu'à perdre, y sont accourus soit pour jouir d'une considération qu'ils n'auraient pas dans leur pays, soit pour y recouvrer une fortune qu'ils ont perdue ou par suite de revers ou par de fausses spéculations. Le trop plein de sa population que la France a versé en Afrique n'est heureusement pas ce qu'elle avait de mieux. Du reste, que cette observation ne vous porte point à envelopper dans un mépris général beaucoup d'honnêtes personnes qui savent s'environner ici-même de toute l'estime qui est due à leurs qualités personnelles et à des antécédents irréprochables. C'est la minorité, il est vrai ; mais ce n'est pas une raison pour être injuste envers elle.

Nous voyons rarement dans cette salle les originaires du pays. Nous sommes amplement dédommagés de leur absence par l'assiduité d'une foule d'étrangers et la variété si distincte de tous ces costumes de vingt peuples divers. Aujourd'hui l'annonce de la tragédie d'*Hamlet* et l'apparition sur l'affiche d'un nom inconnu aux habitués ont attiré beaucoup de monde : les galeries, les loges, le parterre regorgent de curieux. Ils espèrent avoir à applaudir quelques belles inspirations, quelques nobles mouvements, quelques intonations sublimes, comme Talma les a légués à ses imitateurs ; mais, hélas ! et trois fois hélas ! eux et nous sommes bien détrompés : il n'y a pas un instant que l'épileptique acteur qui estropie le rôle d'Hamlet nous est apparu et déjà nous sentons que nous sommes dupes d'une mystification inouïe dans les fastes des coulisses. Rien, non rien, dans ce M. *Crémieux*, ni dans sa physionomie, ni dans sa voix, ni dans sa gesticulation, ne peut prolonger une illusion que nous aurions eu du plaisir à conserver. Imitons le parterre, prenons gaîment notre parti. Ecoutez: des tonnerres de bravos et d'applaudissements, accompagnés d'un rire inextinguible, accueillent tous les contre-sens mimiques, toutes les fautes grammaticales dont le faux tragédien se rend continuellement coupable; il n'est pas jusqu'à cet hémistiche: *ces espectr'odieux*, qui n'obtienne les honneurs d'une approbation d'autant plus bruyante, d'autant plus dérisoire, qu'elle se renouvelle à chaque *lapsus linguæ* qui déchire nos oreilles. Tenez, monsieur, l'ironie du public est poussée si loin qu'on jette une couronne à ce *Crémieux*, qu'on le demande à grands cris après la pièce pour l'applaudir encore. Convenez que cette heureuse disposition du parterre a rendu notre soirée fort amusante et qu'avant cette échauffourée théâtrale, vous n'auriez pas cru qu'il fût possible de rire autant et avec tant de plaisir pendant que se déroulait devant nos yeux un drame énergique et terrible que le génie sombre de Shakespeare a créé et dont la plume de Ducis n'a point affaibli les sanglantes horreurs.

Sortons à présent; laissons, dans les *deux petits savoyards*, la jolie Anaïs montrer sa marmotte et sa pièce curieuse, et, en vous reconduisant chez vous, j'ajouterai quelques observations à celles que nous n'avons cessé de faire depuis ce matin.

Les rayons de la lune ont beau répandre une douce lumière sur les blanches maisons de la ville, les rues sont si étroites qu'elles en deviennent tout-à-fait obscures et que la lanterne est d'une nécessité grande au promeneur nocturne.

Ces enfants que je viens de repousser si brusquement sont de petits Juifs ou de jeunes Maures qui cherchent à gagner un misérable lucre par une complaisance infâme: ils viennent offrir à l'étranger de le conduire dans l'un des mille *lupanars* qui pullulent ici: veut-on approcher d'une femme blanche ou d'une négresse, d'une Mauresque ou d'une Italienne, d'une Mahonnaise ou d'une Espagnole, d'une Française ou d'une Grecque? on n'a qu'à le leur spécifier; ils connaissent la rue et le numéro, ils savent la manière dont il faut frapper à la porte et le mot d'ordre qu'il faut glisser à travers la serrure.

Je doute fort qu'avant l'occupation, un pareil métier fût exercé lucrativement dans Alger, et si c'est à notre présence qu'ils le doivent, les Africains ont certes reçu là un triste avant goût de la civilisation que nous nous vantons de venir implanter chez eux.

Ne vous hâtez pas néanmoins, monsieur, de considérer tout ce que nous avons fait dans Alger comme des essais d'une désespérante inutilité. Les rues élargies, les places agrandies, des édifices nouvellement élevés, des établissements de commerce et d'industrie récemment formés, embellissent de plus en plus notre belle conquête, et ce n'est pas seulement dans l'intérieur de la ville que ces améliorations toutes françaises se font remarquer. Les routes d'Alger à la *Maison-carrée* d'un côté et à *Douhéra* de l'autre ; les chemins de *Birkadem* et d'*Oueck-el-Dey* ; les villages de *Delli-Ibrahim* et de *Couba* ; les canaux qui sont destinés à assainir la plaine et qui offrent déjà de beaux résultats ; tout enfin ici semble attendre pour prendre un degré plus important de beauté et d'utilité que le gouvernement se prononce pour la colonisation d'une manière formelle et que la possession facile de *Bélidah*, en reculant et fortifiant notre ligne militaire, vienne nous assurer l'exploitation sûre et féconde de la plaine de *Métidja*.

# FRAGMENT TRAGIQUE

## IMITÉ DES TROYENNES D'EURIPIDE.

( Taltibius, héraut des Grecs, vient demander à Andromaque
son fils Astianax que les vainqueurs ont condamné à être
précipité du haut des tours de Troye. — Acte III, scène II. )

### ANDROMAQUE.

O mon fils !... triste objet de ma vive tendresse ;
En mes bras caressants vainement je te presse :
Je ne puis t'affranchir de ton funeste sort...
La vertu de ton père est cause de ta mort,
Elle fut autrefois l'honneur de la Phrygie,
Le salut des Troyens et l'espoir de l'Asie,
Elle t'ouvre aujourd'hui l'asile des tombeaux.
C'est un crime pour toi d'être né d'un héros...
O malheureux hymen ! ô couche nuptiale !...
Qui m'eût prédit, hélas ! dans cette heure fatale
Où l'orgueil d'être mère enflait mon jeune cœur,
Qui m'eût prédit, hélas ! cet horrible malheur ?...
Qui m'eût appris alors, ô mon fils ! que ta vie
Te serait en ces lieux si lâchement ravie
Et que, loin de donner un chef aux Phrygiens,
J'offrais une victime au fer des Argiens ?...
Je vois couler tes pleurs... ta jeune intelligence
De tes vils oppresseurs a compris l'insolence.
Est-ce pour te soustraire à leurs coups inhumains
Que tu viens m'enlacer de tes débiles mains ?...
Tu t'attaches en vain à ma robe flottante,
Que peut en ta faveur une mère tremblante ?
Hector, pour te sauver d'un indigne trépas,

Du sommeil de la mort ne s'éveillera pas ;
Il ne peut plus brandir sa redoutable lance,
Ni de son bouclier protéger ton enfance...
Troye et ses défenseurs, nos parents, nos amis,
Dans l'éternel repos dorment ensevelis,
Nous n'avons plus d'espoir... une main criminelle
Prépare de tes jours la fin triste et cruelle,
O mon fils!... ô seul bien qui me reste d'Hector !
Sur mon sein maternel que je te presse encor ;
Laisse-moi respirer ta pure et douce haleine
Avant que loin de moi ce barbare t'entraine...
Viens, oh ! viens dans mes bras, serre-moi dans les tiens ;
Que tes embrassements se confondent aux miens ;
Pour la dernière fois viens embrasser ta mère,
Jette un baiser de miel sur sa douleur amère...


Et vous, Grecs abhorrés, de quel droit osez-vous
Etendre sur mon fils votre infâme courroux ?
De votre barbarie innocente victime,
Qu'a-t-il fait, lui, si jeune ?... hélas !... quel est son crime ?...
Vous ne répondez point... ah ! que votre fureur
Entoure Hélène et vous d'une éternelle horreur !...
Hélène !... de Tyndarre exécrable famille !...
Non, non, de Jupiter tu ne fus point la fille ;
Epouvantable objet de terreur et d'effroi,
Le ciel n'engendra point un fléau tel que toi :
La discorde, le meurtre et le lâche adultère,
Tous les monstres enfin qui dépeuplent la terre,
Voilà tes créateurs, voilà tes seuls aïeux...
L'enfer les a vomis... N'impute pas aux dieux
La solidarité de tes horribles crimes...
Les Grecs et les Troyens, complices et victimes,
Dans un égal mépris mettent tes vils attraits
Auteurs de tant de maux et de tant de forfaits...
..................................................
..............................................

# CONSTANTINE ET DAMRÉMONT.

## DYTHIRAMBE.

Des caprices du sort triste et sublime chaîne !...
Comme on disait jadis Saint-Hilaire et Turenne ,
Nos neveux un jour uniront
Le nom de Perrégaux au nom de Damrémont.
H. TOURNILHON.

## I.

Humide encor des pleurs que je versais naguère
En chantant les vertus et la mort de ma mère,
Ma lyre a préludé par de lugubres chants ;
Ses accords sont plus doux et ses airs plus touchants...
D'un malheur que j'ignore infaillibles présages ,
Errent autour de moi de funèbres images ,
Et mes doigts contractés , malgré mes vains efforts,
N'arrachent que des sons pareils au glas des morts.

Quelle est la main de fer qui m'écrase et m'opprime ?
D'un caprice du ciel suis-je ici la victime ?...
Ou , par un sort fatal conduit aveuglément,
D'un démon de l'enfer deviens-je l'instrument ?
De quel droit insolent un pouvoir invisible
Viendra-t-il m'imposer sa volonté terrible ?...

Dieu des vers , dont jadis j'ai connu la bonté,
De ton amour pour moi suis-je déshérité ?
Sur le sacré vallon où tu marquais ma place
Aurais-tu de mes pas déjà perdu la trace
Et d'un adorateur qui respecte tes lois
Pourrais-tu mépriser la suppliante voix ?...

## II.

Lors , dans mon sein rempli d'un soufle poétique,
J'ai senti s'éveiller un nouveau sentiment:
Un trouble involontaire, un désordre magique
Y faisaient murmurer des mots confusément ;
   Un sang plus chaud bouillonnait dans mes veines ,
   Mes yeux brillaient d'un éclat flamboyant
      Et des clartés surhumaines
    Semblaient jaillir de mon front châtoyant ;
Mes cheveux se dressaient sur ma tête enflammée
Et je sentais frémir tous les poils de ma peau ;
Tel était Jupiter quand Pallas tout armée
     Allait sortir de son cerveau ,
     Telle était l'antique prêtresse
     Sur le trépied inspirateur ,
Prédisait les succès , les revers de la Grèce
Au milieu des transports d'une sainte fureur
Et se tordant en vain sous le joug oppresseur
     Du Dieu qui l'obsédait sans cesse.

## III.

Fixés sur des objets qu'ils ne distinguaient pas ,
Mes regards se troublaient... mon âme appesantie
A de vagues pensers semblait assujétie...
Soudain je crus ouïr les cris de nos soldats;
    Il me sembla voir la victoire
    Mêler aux cyprès du trépas
    Les brillants lauriers de la gloire ;
J'entendais au milieu de confuses clameurs
Le bruit étourdissant du bronze des batailles,
Le cliquetis du fer , la chûte des murailles,
Les plaintes des mourants et les chants des vainqueurs,
Et puis... un beau triomphe... et puis... des funérailles...
Et ces guerriers vaillants, la douleur sur le front,

Le mousquet renversé sous leur bras invincible,
Tristes, accompagnaient un cercueil insensible
Et, tout bas, murmuraient le nom de Damrémont...


Damrémont!... Damrémont!... pardonne, ô mon génie,
Si je n'ai pas compris ce que tu veux de moi
Et si, méconnaissant ta puissance infinie,
J'ai voulu m'affranchir un moment de ta loi...
  Le héros que pleure la France
  Sur moi répandit une fois
  Les marques de sa bienveillance,
  Depuis long-temps il a des droits
  A ma vive reconnaissance.
  Aux jours qu'il était mon appui
  Ma muse indépendante et fière
  N'aurait pas voulu devant lui
  Courber un peu sa tête altière:
  Alors mon vers adulateur
Eût semblé mendier une illustre faveur.
Aujourd'hui qu'un boulet l'a frappé d'impuissance
Je puis le célébrer avec un juste orgueil,
  La sincérité de mon deuil
Sera prouvée encor par cette indépendance
  Qui m'éloigna toujours du seuil
  Des grandeurs et de l'opulence.
D'autres encenseront les satrapes vivants;
D'autres, après leur mort, baveront sur leur bière;
Moi, quand mes ennemis sont encore puissants,
  Je leur voue une haine amère;
Mais je ferme mon cœur à mes ressentiments
  Dès qu'ils ont fermé la paupière.
Quand mes amis sont pleins de vie et de pouvoir,
Je concentre en mon sein mon amitié sincère;
Mais quand ils ont fini leur brillante carrière,
Je commence aussitôt à sentir mon devoir,
  Et sans bassesse, sans espoir,
  Je les célèbre et les vénère.

## IV.

Damrémont est tombé!... Constantine est à nous!...
Une grande douleur, une noble victoire,
Des larmes de chagrin, des poèmes de gloire,
Voilà ce que mes vers vont décrire pour vous,
Peuples, qui reposez dans une nuit profonde;
    ( Car, suivant la commune loi,
     Moi, je ne suis pas de ce monde. )
    Peuples futurs, écoutez-moi :

    Sur les tours d'Alger-la-Guerrière,
L'étendard glorieux des chrétiens triomphans
    Avait remplacé la bannière
    Des infidèles Musulmans.
Bougie était à nous; le mur qui l'environne
Ne put sauver Oran d'un semblable destin,
Et le Français vainqueur, près des remparts de Bone,
Exhumait à loisir, sous les débris d'Hyponne,
Les souvenirs sacrés de l'évêque Augustin.
Mais l'Arabe indompté, sur les monts, dans les plaines,
Prolongeait contre nous une guerre de mort,
    Et par des résistances vaines
Bravait insolemment nos foudres et le sort.
Des cimes de *l'Atlas* descendant avec rage,
    Rapide comme le *semoun* (1),
    Abdel-Kader et Ben-Zamoun
    L'amenaient sans cesse au carnage.
C'étaient à chaque instant d'inutiles trépas,
C'étaient à chaque instant de nouvelles alarmes
Et, quoique le succès ne quittât point ses armes,
La France avait toujours à pleurer des soldats.
Mais un jour, Ben-Zamoun paya son arrogance,
Puis, vaincu, se cacha dans le fond de ses bois;

---

(1) *Semoun*, vent du désert.

Un jour, de ses efforts comprenant l'impuissance,
Abdel-Kader, soumis, se courba sous nos lois.
Alors nous espérions un calme salutaire,
Alors nous espérions un moment de repos ;
L'Arabe, en son fourreau, gardait son cimeterre
  Et nos intrépides héros
  Sommeillaient près de leur tonnerre.
Au sommeil du lion ils étaient tous livrés...
Soudain, un cri de guerre ébranle la montagne
Et, prompts comme l'éclair que la foudre accompagne,
A de nouveaux exploits ils se sont consacrés.
C'était l'orgueilleux chef des courageux Numides,
  Le successeur de Jugurtha,
Qui derrière les murs de l'antique Cirta
Osait nous provoquer de ses clameurs perfides.
Clauzel, pour le punir, tenta de vains efforts,
L'hiver paralysa sa vieille expérience,
Un blanc linceul de neige enveloppa nos morts
Et les corps des guerriers qu'a regrettés la France
De l'Ampsague (1) surpris engraissèrent les bords...
Superbe Achmet, attends : ce triomphe éphémère
N'est que le précurseur de tes propres revers ;
  Il annonce à toute la terre
Pour toi, des jours obscurs ; pour ton peuple, des fers.
Tu descendras du trône où ton orgueil t'enchaîne,
Tu ne sauras bientôt où cacher ton affront,
Sans or et sans guerriers tu fuiras dans la plaine
Où doit te suivre encor l'ombre de Damrémont.

**V.**

Du haut d'un minaret que le croissant domine,
Achmet d'un télescope avait armé ses yeux
Et portait ses regards vers le sol glorieux

---

(1) L'*Ampsagas* des anciens, aujourd'hui l'*Oued-Rummel*,
coule près des murs de Constantine.

Qui de *Sidi-Tamtam* sépare Constantine :
*Aïssa* (1) qui de Bone avait fui les remparts
Le jour où le succès nous en ouvrit les portes,
*Aïssa*, brave chef d'intrépides cohortes
Qui près de lui sans crainte affrontaient les hasards,
Cherchait à raffermir sa valeur ébranlée :
« Aux bords de la *Seybouse* ils seront retenus, »
Lui disait-il ; « d'*Akba* la boiseuse vallée
» Offre à nos alliés des sentiers inconnus
» Où leur marche sera facilement troublée
» Et près du *Zénati* nous ne les verrons plus. »

Comme il parlait ainsi, le bey vit dans la plaine
Poindre et grossir bientôt nos hardis bataillons.
Son cœur a tressailli d'une terreur soudaine
Qui de ses yeux troublés obscurcit les rayons,
Et, gonflé d'un courroux qu'il contient avec peine :
« Mahomet voudrait-il déjà m'abandonner ?...
» Le sultan de *Stamboul* deviendrait-il avare
» Des soldats que pour vaincre il devait me donner ?...
» Et Tunis, pour chasser les hordes du barbare,
» N'a-t-il plus de croyants que je puisse entraîner
        » Au saint combat qui se prépare ?...

Inutiles discours !... Les vaisseaux du sultan
Sont traqués par Gallois, l'heureux vainqueur d'Ancône,
Et Lalande, à Tunis, tient le mahométan
Dans le repos forcé dont le vieux bey s'étonne.
C'est qu'on n'insulte pas un roi de France en vain :
Contre ce prince auguste, objet de notre hommage,
Le jour qu'un insensé se permet un outrage,
Pour cet insensé-là n'a point de lendemain...
*Achmet* semblait déjà pressentir sa défaite,
*Aïssa* dans l'instant se sépara de lui
Et courut arborer l'étendard du prophète
Sur une *casauba* dont on le croit l'appui.

(1) *Aïssa* ou *Ben-Aïssa*, lieutenant d'Achmet.

## VI.

Cependant nos soldats arrivent en silence...
Le calme du courage et de la confiance
D'un battement égal fait palpiter leur cœur.
Ils avancent en ordre et leur froide valeur
Ne semble ni prévoir, ni craindre les alarmes.
Mais quand plus près des murs (la gloire a tant de charmes !)
Ils peuvent distinguer le Turc à son turban,
L'Arabe à son *bernous*, le Kabile à ses armes,
Ils se montrent saisis d'un martial élan...
Ils bondissent... de joie on voit couler des larmes...
L'air retentit des cris d'une noble fureur...
Chacun veut à l'instant exercer sa valeur...
Damrémont, qui sourit à leur impatience,
D'un signe les contraint à garder le silence
Et donne au même instant le signal du repos.
On obéit soudain aux ordres du héros.
Il veut, pour commencer l'attaque et le carnage,
De ses guerriers épars terminer l'assemblage ;
Il prévoit s'il doit craindre ou s'il doit espérer.
Les remparts que de l'œil il vient de mesurer,
Semblent d'un grand succès lui promettre l'attente :
Tel, au fond des déserts de la Lybie ardente,
Le roi des animaux à l'aspect du chasseur
S'arrête irrésolu, mais s'arrête sans peur :
On dirait, pour la lutte offerte à son courage,
Qu'il cherche à rassembler ses forces et sa rage ;
Il roule autour de lui des yeux étincelants ;
Sa queue à coups pressés résonne sur ses flancs ;
Ses ongles près de lui font voler la poussière
Et sur son front ridé se dresse sa crinière.

## VII.

Voyez ces bataillons... Tous ces jeunes soldats

Ne le cèdent en rien à la plus vieille armée :
Le calme est dans leur sein, la foudre est sur leur bras,
D'une enivrante ardeur leur tête est enflammée...
Pour la première fois ceux qui vont aux combats
D'un baptême de sang respirent la fumée
Et sentent tout l'honneur d'un glorieux trépas.


Damrémont, qui conduit ces phalanges guerrières,
Damrémont, jeune encor, suivit dans vingt climats
      Les impériales bannières,
Et se montra partout brave dans les combats.
Il grandit sous la tente et, dans ce temps illustre
Où de nombreux héros s'éclipsaient tour-à-tour,
Sa gloire au milieu d'eux brillait d'un nouveau lustre
      Et s'augmentait de jour en jour.
C'est auprès du vainqueur d'Austerlitz et d'Arcole
Qu'il apprit la victoire et le commandement ;
    Fut-il jamais une plus belle école,
      Un plus fécond enseignement?...
Naguère, quand la France occupa l'Algérie,
Comme aux jours de l'empire encore il s'illustra
Et fut un des premiers enfants de la patrie
Qui vainquit sur ces bords où bientôt... il mourra...
Près de lui, remarquez le courageux Valée
Dont l'intrépidité mille fois signalée
Est bien moins grande encor que son rare talent...
Puis voilà Perrégaux, qui bientôt sur l'arène
Près de Damrémont mort tombera chancelant :
Des caprices du sort triste et sublime chaîne !...
Comme on disait jadis Saint-Hilaire et Turenne,
      Nos neveux un jour uniront
Le nom de Perrégaux au nom de Damrémont...


Nemours dont la jeunesse aux dangers aguerrie
D'une noble valeur a su briller déjà,
Préside dignement au siège de Cirta.
Là, Trézel, dont le sang versé pour la patrie,
A lavé maintes fois le malheur de *Macta*,

Va s'ennoblir encore en exposant sa vie
      Sur la cime de *Mansoura ;*
Ici, Combes, moins plein des souvenirs d'Ancône
Que des nobles exploits de l'aigle impérial,
Va combattre en soldat, penser en général,
Et, pour trouver la mort que la gloire environne,
Avec impatience il attend le signal.
      Et que ne doit-on pas attendre
Des soldats commandés par de tels généraux ?...
      Sans crainte on peut tout entreprendre
Quand on compte en ses rangs de semblables héros...


# VIII.


Pour l'assaut tout est prêt... Du haut de leurs murailles,
Les Africains déjà font pleuvoir parmi nous
Les globes destructeurs que le dieu des batailles
Semble avoir inventés pour servir leur courroux
Et qui, chez les Français, féconds en funérailles,
Portent assurément de plus terribles coups.
Le plomb siffle dans l'air... les balles homicides
Eclaircissent les rangs... déjà de toutes parts
On voit s'enfuir, tremblants, les Turcs et les Numides
Que notre ardeur poursuit jusques sur leurs remparts.


Mais ne vous livrez point à l'ivresse incomplète
Qu'un précoce succès peut donner à vos cœurs :
Le destin qui gouverne et vaincus et vainqueurs
N'a point encor marqué l'heure de la conquête,
Et Damrémont déjà, maîtrisant vos fureurs,
Fait résonner au loin l'ordre de la retraite.
Soldats !... retirez-vous... assez pour aujourd'hui...
Quand l'ennemi fuyait devant votre vaillance,
Le bronze des combats dont vous étiez l'appui
Trouait dans la muraille une ouverture immense
Qui demain servira votre juste vengeance...
Soldats ! retirez-vous... assez pour aujourd'hui...

## IX.

Le lendemain, en proie à de vives alarmes,
Loin des murs lézardés de la vieille Cirta ,
    Achmet lâchement déserta
Et dans les champs voisins mena ses hommes d'armes.
La ville était à nous... nos valeureux guerriers
N'avaient plus qu'à marcher par la brèche formée,
Quand un boulet frappa le chef de notre armée
Au moment de cueillir ses plus brillants lauriers...


Le brave Damrémont est tombé dans la plaine...
Ne pleurons pas sa fin... d'un honorable éclat
Elle couvre sa vie, hélas! déjà si pleine
    D'honneurs, de gloire et d'apparat...
Ainsi que Duguesclin, et Bayard, et Turenne,
Il vient de succomber de la mort d'un soldat :
Bayard eut un Nemours, Turenne un Saint-Hilaire,
Damrémont eut aussi Nemours et Perrégaux ;
Quand Duguesclin alla dans la nuit des tombeaux,
La ville, où fut le but de ses derniers travaux,
Vint déposer ses clefs sur son lit funéraire,
Et Damrémont dormait de l'éternel repos
Quand son corps mutilé sur l'arène guerrière
Entra dans Constantine orné de nos drapeaux...


Son destin est plus grand... il est digne d'envie...
Que cette mort est belle après tant de hauts faits !...
Heureux pour son pays qui perd ainsi la vie !...
    Les héros ne meurent jamais.

Imitation de la romance *My Childhood's home*, by Mrs. Norton.

# LA NOSTALGIE.

Des vains honneurs je connus les chimères
Quand j'habitai dans les châteaux des Rois;
Dans des salons éclatant de lumières,
D'un pas léger j'ai dansé quelquefois;
Mais dans ces lieux que le vulgaire envie,
Je n'ai trouvé ni calme ni bonheur,
Et le pays où je reçus la vie
Etait toujours le regret de mon cœur.

Combien de fois ai-je enivré mon âme,
En savourant la coupe des plaisirs!
Combien de fois une agréable flamme
Brûla mes sens troublés par les desirs!...
Mais ces moments d'ivresse et de folie
Perdaient bientôt leur prestige enchanteur,
Et le pays où je reçus la vie
Etait toujours le regret de mon cœur.

De leurs rayons lorsque par aventure,
Les diamants venaient frapper mes yeux;
Quand les rubis, élégante parure,
Autour de moi brillaient de mille feux,
Je n'étais point un instant éblouie
Par leur éclat mensonger et trompeur,
Et le pays où je reçus la vie
Etait toujours le regret de mon cœur.

Boutons de fleurs que l'art a colorées,
Vous qui jamais ne devez vous ouvrir,
D'autres que moi de vous furent parées;
En tous les temps je vous vis sans plaisir.
Il est aux champs de ma belle patrie
De vrais boutons dont j'aime la fraicheur,
Et le pays où je reçus la vie
Sera toujours le regret de mon cœur.

Chaque plaisir dont je fus tant avide,
Pour qu'il donnât ce qu'il pouvait donner,
Je l'ai pressé; mais je l'ai trouvé vide,
Et de dépit j'ai dû l'abandonner.
L'absence, hélas! dans mon âme flétrie,
A fait mourir le flambeau du bonheur,
Et le pays où j'ai reçu la vie
Sera toujours le regret de mon cœur.

## Imitation d'une romance de Mrs. Norton.

### ( LOVE NOT ! )

Fuyez l'amour ;
La couronne de fleurs dont sa tête est ornée
Brille d'un vain éclat qui ne dure qu'un jour.
Par la poudre du temps elle est bientôt fanée :
Fuyez l'amour...

L'inconstance est cruelle, elle torture l'âme :
Ces yeux peuvent briller pour d'autres à leur tour,
Et ce cœur peut brûler d'une nouvelle flâme ;
Fuyez l'amour...

Il arrive un moment où ce qu'on aime tombe,
Et les astres brillant au céleste séjour
Comme sur son berceau rayonnent sur sa tombe ;
Fuyez l'amour...

Mais, auréole d'or sur le front qu'on adore,
L'amour jette un éclat tendre et doux tour-à-tour,
Et quand on voit sa belle, on n'ose dire encore :
Fuyez l'amour.

# ACROSTICHES.

( Le premier de ces acrostiches a été composé le 9 juillet
à l'occasion de la fête de Madame Victoire D***; le second
est adressé à sa fille à peine âgée de 3 ans. )

## I.

Votre fête en ce jour en est une pour nous;
Il nous est agréable ici de vous le dire.
Croyez qu'en ce moment si fortuné, si doux,
Tout pour votre bonheur dans notre âme conspire.
Objet de nos respects, votre amabilité
Imprime dans nos cœurs un charme inexprimable,
Répand autour de vous une douce gaîté
Et né cesse jamais de vous faire adorable.

## II.

Ma main que guide un Dieu vainqueur
A ton berceau met ce présage :
« Rien ne tourmentera ton cœur ;
» Il sera toujours pur et sage
» Et ne s'ouvrira qu'au bonheur. »

# LE CAMP DE SAINT-OMER EN 1838.

### LETTRE A MADAME ***.

Je ne chercherai point, Madame, à me disculper entièrement des reproches que vous m'adressez : il est trop certain que j'aurais pu, depuis mon arrivée ici, composer et publier quelques nouvelles bluettes, semblables à celles que vous lisez toujours avec une indulgence qui m'honore et m'enchante ; mais, vous le dirais-je? la paresse dont vous m'accusez, la fatigue que les grandes manœuvres auraient pu me donner, n'entrent réellement pour rien dans les éléments qui ont constitué le long silence de ma verve, la coupable inactivité de mon esprit. Dans la hutte humide que j'habite et où à chaque instant je suis interrompu par des amis ou des visiteurs, je n'ai pas toutes les aisances, toutes les facilités, tout le calme dont on a besoin pour bien écrire. Les muses sont amantes du mystère et de la solitude ; elles s'effarouchent du bruit et ont peur des soldats. S'il m'en souvient, je vous ai parlé quelquefois, ce me semble, de mon long séjour en Afrique; eh bien! soyez assurée que j'ai, sous les baraques en torchis du plateau d'Helfaut près de St.-Omer, moins de commodités que j'en trouvais sous les baraques en pisé de la vallée de Mustapha près d'Alger. N'importe, vous m'ordonnez de vous faire un aperçu descriptif des lieux où nous sommes campés, et je m'empresse de vous obéir, parce que je n'ai jamais su refuser quelque chose à une dame et que vous me procurez une bien douce satisfaction chaque fois que vous me fournissez l'occasion de vous être agréable.

Je ne vous rappellerai point, à vous qui êtes initiée aux secrets les plus cachés de l'histoire, je ne vous rappellerai point, dis-je, les souvenirs militaires que réveillent ces lieux foulés en temps divers par des myriades de guerriers. Non, je me cententerai seulement de me circonscrire dans le cercle que vous m'avez vous-même tracé. Ma tâche n'en deviendra que plus facile et mon travail ne sera point hérissé par la pédanterie et l'érudition.

Je vous ferai remarquer d'abord que les régiments qui habitent ces baraques n'ont point sacrifié l'utile à l'agréable. En effet, à côté de tous ces jolis monuments, de tous ces petits chefs-d'œuvre d'architecture, on aime à voir avec quel soin on a dû planter l'un après l'autre ces millions de cailloux qui forment, dans l'intérieur comme à l'extérieur, un grand nombre de chemins artistement alignés et à la confection desquels on a certainement employé beaucoup de temps et beaucoup d'hommes. Quoiqu'il en soit, l'on peut y circuler dans tous les sens, dans les grandes comme dans les petites rues, sans que les pieds aient à craindre l'humidité ou la boue.

De nombreuses rigoles servent merveilleusement aussi à l'écoulement des eaux et à la propreté du camp.

Les factionnaires, pour se mettre à l'abri des intempéries de la saison, ont des guérites en paille qui simulent élégamment celles en bois et sont, comme elles, impénétrables au vent et à la pluie.

Avant de vous montrer successivement quelques-uns des divers monuments que l'on admire ici, je crois convenable de vous faire observer que nos soldats, pour élever leurs obélisques, pour modeler leurs colonnes, pour sculpter en relief, étaient dépourvus des outils les plus indispensables, des instruments les plus nécessaires. Ainsi, par exemple, les portes de leurs baraques leur servaient pour transporter les larges couches de gazons dont ils avaient besoin, et c'est avec leurs couteaux ou avec des tronçons d'os qu'ils donnaient à la pierre ces formes gracieuses et artistiques. J'ajouterai en outre qu'ils ont dû vaquer chaque jour aux appels, aux manœuvres, ainsi qu'aux soins toujours renaissants qu'exigent leur propreté personnelle et celle de leurs armes ; que par conséquent ils n'ont pu consacrer que fort peu de temps à ces divers travaux et qu'il est surprenant qu'ils aient exécuté et si bien et si vite cette foule de jolies choses qui se distinguent par un goût exquis et un tact singulier.

Le jour où le duc d'Orléans vint nous visiter fut un jour de fête pour le camp. Mille petits travaux que l'on parachevait dans l'ombre furent livrés alors aux regards des curieux. Les manteaux d'armes tombèrent et laissèrent voir sous les faisceaux des morceaux d'architecture et de frais gazons. Les baraques se pavoisèrent d'un bout à l'autre du drapeau national et tout le front de bandière offrit une infinité d'embellissements beaux, élégants et gracieux. Ici, les regards s'arrêtaient avec admiration devant une miniature de l'hôtel-de-ville d'Arras, sculptée avec un soin aussi minutieux qu'intelligent, avec une vérité aussi inconcevable que frappante. Surmonté d'un beffroi, travaillé avec un goût parfait, cet hôtel-de-ville s'élevait auprès d'un jet d'eau dont le bassin avait la forme d'une conque et à côté d'un vase antique ciselé avec goût. Là, après deux mosaïques aux losanges de cailloux et de gazons, se montraient, sveltes et jolies, quatre colonnes que semblait lier entr'elles une petite grille de bois peint et derrière lesquelles paraissent deux bassins d'où surgissent en gerbes diaphanes deux jets d'eau charmants. Pour l'ensemble du tableau, on voyait s'étendre autour, deux bancs semi-circulaires de verdure, où s'exhaussaient deux piliers de gazons chargés de vases anciens d'une sculpture simple et belle. Puis, sur le fond blanc du mur de la baraque, au milieu de guirlandes en mousses, au-dessous d'une éclatante grenade sculptée et supportée par deux pilastres verdoyants, se détache le quatrain suivant, gravé sur la pierre blanche en caractères noirs :

> Le prince bien aimé dont l'auguste naissance
> A fait naître la joie en nos cœurs attendris,
> Est plus, à nos regards, que comte de Paris :
>     Nous le saluons fils de France.

Plus loin, s'élève une belle imitation de la colonne Vendôme : on admire à son sommet une charmante statuette représentant Napoléon avec son petit chapeau et ayant ses mains l'une derrière le dos, l'autre entre les boutons de sa capote grise. Le piédestal, où on lit: Vive le Roi! est entouré de quatre bornes octogones portant des chaînettes dont les anneaux sont en pierre et sous lesquelles croissent ces modestes fleurs qui servirent de ralliement aux vieux grognards lorsqu'ils donnèrent à l'exilé de Ste.-Hélène le surnom de *Père la Violette*. Ailleurs, c'est un blokaus taillé d'un seul bloc de pierre, mais on ne peut pas plus joli, gracieux, élégant. Rien ne lui manque: il occupe le centre d'une redoute carrée et entourée d'un fossé dont le pont est protégé par des chevaux de frise ; il est défendu par quatre petites pièces d'artillerie, montées sur affût, le tout en pierre blanche, l'écouvillon seul est en bois ; enfin ses créneaux, son échelle, sa porte et ses machicoulis sont d'un fini remarquable et réunissent tout ce qui se voit dans ces maisons crénelées que les Arabes appellent *les maisons du diable.*

Partout enfin, sur toute la ligne du front de bandière, se voient, au milieu de dessins plus ou moins corrects, plus ou moins bizarres, tracés avec des couches de verts gazons, partout se voient des objets d'art, de fortification ou d'architecture : des rédans et des trous de loup sont près d'un four à boulet ; des esclaves égyptiens semblent gémir non loin du beffroi d'Arras ; deux chevaliers du moyen-âge ont l'air de courir l'un sur l'autre à côté d'un blokaus armé de ses canons ; une belle tour moderne se dresse vis-à-vis d'antiques pyramides en gazons, et des inscriptions analogues aux circonstances se lisent de toutes parts. Mais les gradins des drapeaux et les parterres des colonels semblent encore avoir été arrangés avec plus de goût et de recherche.

Les drapeaux des quatre régiments sont plantés au-dessus de larges gradins dont les gazons appliqués avec une adresse incontestable sont d'une fraîcheur très-agréable à l'œil.

Le 12ᵉ léger a placé, au bas, sur un plan incliné, une belle et gigantesque croix d'honneur, dont les proportions et les détails exécutés en relief sont d'une précision et d'une grâce indicibles.

Le 67ᵉ qui plante le sien dans une bombe en pierre artiste-

ment ciselée, a suspendu au milieu de la face extérieure du
piédestal, un écu gaulois sculpté en relief, entouré de deux
branches de lauriers très-habilement imitées et portant l'ins-
cription suivante qui rappelle les campagnes que ce régiment
a faites :

AFRIQUE.
1831—1832.
1833—1834.
1835.

Le 43ᵉ avait mis sur le piédestal qui supporte le sien, un
superbe bas-relief représentant le berceau du comte de Paris,
avec ces simples mots dont l'à-propos a été bien compris :

Veillons sur lui — il veillera sur nous.

Le piédestal du drapeau du 60ᵉ de ligne est, sans contredit,
le mieux travaillé, le plus élégamment ciselé sur ses quatre
faces ; le coq qui semble prêt à prendre son essor et qui se
voit sur la partie extérieure est d'une perfection qui ferait
envie à plus d'un artiste. On lit ce vers au-dessous de lui :

La tente de l'Arabe est pleine de sa gloire.

Le colonel Pourailli a devant sa baraque un grand jardinet
orné d'arbustes et de fleurs, parmi lesquels on remarque des
lauriers-roses et des dahlia. Le socle chargé d'un vase qui s'y
voit au milieu, porte d'un côté :

Au colonel du 12ᵉ léger,
Hommage de reconnaissance.

Et de l'autre :

L'honneur et le courage
Au dévouement unis
Défendent l'héritage
Du comte de Paris.
Gare à qui le menace

Il trouverait ici ,
Pour punir son audace ,
Nos bras et Pourailli.

Devant l'entrée de la baraque de M. le colonel Duchaussoy ,
entre deux grands canapés dont le siège , les bras et le dossier
sont en gazons frais , est un joli petit parterre émaillé de
fleurs odoriférantes et variées. Dans le centre et sur une base
verdoyante s'élève un piédestal chargé d'un vase gothique et
de quatre quatrains gravés avec goût.

On lit sur la première face :

Vive le Roi !

—

La gloire et la vertu sont reines
Sur le trône qu'il a fondé
Et le char de l'Etat dont sa main tient les rênes
Ne fut jamais si bien guidé.

Sur la seconde :

Vive le duc d'Orléans !

—

Brave dans le danger , sage devant la loi ,
Plein des nobles vertus qu'ici-bas l'on couronne,
Pour monter un jour sur le trône ,
Il n'aurait pas besoin d'être le fils d'un roi.

Sur la troisième :

Vive le comte de Paris !

—

Le Dieu qui protégea son père
Dans Anvers et dans Mascara,
En tous les temps lui donnera
Un destin heureux et prospère.

Et enfin sur la quatrième :

Vive la France !

—

**Cette royale trinité**
**Rendra la France heureuse et fière**
**Et placera sous sa bannière**
**L'honneur et la prospérité.**

La baraque de M. Massony, colonel du 43ᵉ, est ornée par des arbustes, des fleurs et des gazons distribués avec un goût particulier, dans le milieu s'élève un large bassin qui reçoit les gerbes d'eau qui jaillissent de son sein et qui y produisent un fort bel effet.

Le jardin de M. le colonel Duperron, du 60ᵉ, est très-bien distribué ; de larges sophas en verts gazons l'entourent, des fleurs l'embaument, des arbustes l'embellissent et le buste de Louis-Philippe placé sur une pyramide de verdure n'en est pas un des moindres ornements. Les deux guérites en paille qui y sont placées de chaque côté, sont ce qu'il y a de plus gràcieux, de plus joli dans ce genre dans tout le camp.

Parmi les inscriptions qui méritent une mention particulière, je suis fâché d'avoir omis celle-ci qui se lit au 43ᵉ de ligne :

Protège cet enfant, objet de tous nos vœux,
O Dieu, qui sers d'égide à son auguste père,
Que ce cher rejeton, que la France révère,
Apprenne près de lui l'art de nous rendre heureux !...

Et cette autre placée au-dessus d'une jolie fresque peinte sur une baraque, représentant au milieu de tous les attributs de la guerre, un berceau royal auprès duquel le Roi des Français, debout et les mains tendues, s'écrie :

*Tu Marcellus eris.*

Cette dernière appartient à une compagnie du 60ᵉ de ligne.

Devant les baraques des officiers se voient des bancs de gazons, des fleurs, des jardinets, etc., etc. ; le cailloutage et les rigoles dont je vous ai déjà parlé permettent d'y entretenir partout et facilement une propreté salubre.

Les soldats, dans l'intérieur de leur chambrée, ont tressé de la paille pour suppléer aux planches à pain, ont fabriqué des nattes pour éviter l'humidité du sol et ont su en un mot se créer presque toutes les commodités qu'ils trouvent dans les garnisons. Quelques bourrasques, deux ou trois orages, de nombreuses averses, sont advenus depuis qu'ils sont campés. Ces contre-temps qu'ils ont reçus avec cette insoucieuse gaîté qui caractérise les Français, n'ont ni suspendu leurs travaux, ni altéré leur santé.

Je terminerai cet aperçu déjà si long et pourtant si incomplet encore, en vous disant quelques mots, Madame, sur le séjour du duc d'Orléans parmi nous. Il a su se concilier ceux-mêmes qui avaient le moins de propension à se rapprocher de lui et son passage ici ne se sera point effectué sans qu'il en ait surgi de bons et solides résultats. En effet, tous ceux qui ont pu l'approcher ont applaudi à la grâce de ses manières, à la bonté de ses traits, à sa politesse affectueuse et à l'à-propos de ses discours. Je l'ai vu de bien près, au camp comme sur le champ des manœuvres, au bal que lui donnait la ville comme au dernier dîner où il avait invité des officiers de tous grades, et partout je l'ai retrouvé gracieux, prévenant, affable; se mêlant avec une expansion communicative à toutes les conversations; parlant indistinctement à tous; devisant sur les chemins de fer et les puits artésiens avec les autorités de St.-Omer; résolvant des questions militaires avec des généraux; se reportant en Afrique avec ceux qui y avaient fait campagne et recommençant le siège d'Anvers avec les personnes qui y avaient assisté. Sur le terrain des bruyères, pendant l'intervalle qui sépare les pauses, mêlé avec les officiers, il nous offrait des cigares de la Havane, présentait le sien pour allumer les nôtres et se montrait empressé de ranimer des entretiens dont il faisait agréablement les frais. Enfin je suis intimement persuadé qu'il s'est créé parmi nous des dévouements durables et que l'impression qu'il a faite sur nous tous ne peut produire que d'excellents fruits.................................. ..........

Veuillez avoir pour agréable l'assurance, etc.

# DE L'ÉLASTICITÉ DE CERTAINES CONSCIENCES.

Et il s'exprima ainsi, en nous désignant de l'œil les personnes dont il parlait, à mesure que le tourbillon des promeneurs les faisait passer successivement près de nous :

« J'ai possédé, à Alger, une maîtresse espagnole qui m'aimait presqu'autant que sa religion et dont les caresses empruntaient quelque chose de plus doux au mysticisme voluptueux dont elle savait toujours les entourer. Je trouvais un charme aussi enivrant qu'original à cette lutte qui s'élevait dans son cœur entre le ciel et moi et qui chaque fois se terminait à la satisfaction de mon petit orgueil. Je n'oublierai jamais le soin minutieux qu'elle prenait de retourner tous les soirs contre les tapisseries de sa chambrette, les images du christ et des saints qu'elle invoquait si fréquemment et à qui elle voulait cacher ce que nous devions faire ensuite. Certes, elle ne m'aurait point accordé la moindre faveur tant que leurs pieuses figures étaient extérieurement suspendues et que leurs regards inanimés pouvaient paraitre désapprouver nos folies; mais aussitôt qu'elle les avait placés dans un sens contraire, toute résistance était achevée, toute contrainte était bannie et elle se livrait à mes transports avec cet abandon ou plutôt avec cette furcur qu'une Andalouse seule peut connaitre et faire partager. Un soir néanmoins ( c'était le dernier samedi du carême de 1832 ), un soir, même après que j'eus rempli, quant aux tableaux des bienheureux, la condition *sine quâ non*, elle opposa à mes désirs un refus formel appuyé d'une raison bizarre que je dus respecter et qui était encore plus ridicule que tout le reste: « Laisse-moi, me dit-elle, laisse-moi seule
» cette nuit; j'approche de la sainte table demain au matin,
» je veux y aller pure. Laisse-moi, tu reviendras et tu seras
» plus heureux demain au soir. »

» Cette étrange capitulation vous étonne même de la part de

ma brune Espagnole et pourtant elle est vraie, bien vraie. Je dis plus : si vous voulez que nous regardions ensemble autour de nous, vos yeux et les miens, dans ce monde où nous vivons, rencontreront d'autres preuves aussi plaisantes de l'élasticité de la conscience de certains hommes.

» M. le député *** est un patriote renommé; il vante les prolétaires et dénigre les riches; il soutient les droits des ouvriers contre les maîtres; il verse deux cents francs à la souscription Lafitte et deux cents francs pour celle en faveur des Polonais; mais il n'en est ni meilleur, ni plus traitable pour cela et le même jour où les journaux annonceront sa prodigalité envers un honnête banquier et une nation malheureuse, il fera vendre par expropriation forcée les meubles d'un pauvre artisan qui ne peut lui payer à terme le prix d'un modique loyer.

» Ce chef de bataillon ne se fait aucun scrupule de vivre publiquement en adultère avec la femme d'un officier que je pourrais vous nommer; il promène le scandale de ses amours sur les places comme sur les boulevards, dans les salons comme au théâtre. Eh bien ! toutes les fois qu'il voit un de ses subordonnés fumant un cigare dans la rue, il le punit et l'accuse de compromettre la dignité de l'habit qu'il porte. Ce colonel qui, dans des ordres du jour moraux, défend aux sous-officiers et soldats de se montrer en ville avec leurs maîtresses, non-seulement ne met aucun empêchement à ces ignominieuses démonstrations, mais encore appelle honnête homme ce misérable qui se fait un jeu coupable du déshonneur d'une famille entière et qui affiche partout l'immoralité de sa conduite. Ne dirait-on pas que ce qui fut autrefois blâmable devient maintenant digne de louanges. *Quæ fuerunt vitia*, disait Sénèque (1), *mores sunt.*

» M. le Maire ne manque jamais un spectacle au bénéfice des pauvres; dans toutes les souscriptions qui sont publiées pour des incendies ou de bonnes œuvres, son nom figure à côté des sommes qu'il donne; sa générosité est vantée par toute la ville

---

(1) Epître 39.

et il n'est pas une dame qui ne répète le chiffre de ses fréquentes aumônes. Malgré ces vaines démonstrations qui ne trompent que les sots et qui flattent pourtant son orgueil, il est d'une dureté qui va jusqu'à la barbarie pour les mendiants qu'il peut faire arrêter et qu'il poursuit en tous lieux avec la plus inhumaine opiniâtreté. Généreux par ostentation, le malheur obscur ne provoque jamais sa pitié et la main qu'on lui a tendue s'est toujours refermée vide.

» M<sup>me</sup> la Comtesse a employé toutes les séductions possibles auprès du sous-préfet et toutes les vertus théologales auprès du curé, pour se faire nommer dame de charité. On cite son zèle infatigable pour aller jusqu'à un cinquième étage chercher l'obole du malheureux; on n'ignore pas que ce que l'homme accorde à ses grâces, la femme ne peut le refuser à son éloquence; on sait aussi que nulle ne revient avec une quête plus considérable que la sienne; mais ce qu'on ne sait pas et ce que je dois apprendre à tous, c'est que M<sup>me</sup> la Comtesse s'occupe de politique plus encore que de religion et que dans la répartition des dons qu'elle a reçus pour tous les nécessiteux indistinctement, elle n'est généreuse que pour les indigents légitimistes, se montrant sourde aux cris et aux demandes des pauvres qui préfèrent Louis-Philippe à Charles X et qui pour elle sont pis que des Juifs et des huguenots.

» Vous parlerais-je aussi :

» De Clorinde qui pleure de bonne foi son défunt mari, elle qui l'a continuellement trompé de son vivant;

» De Mercor qui porte religieusement le deuil d'une femme qu'il a précipitée avant le temps dans la tombe;

» De Sophie qui, aux théâtres des boulevards, verse d'abondantes larmes à la représentation de nos drames à la mode et qui loue chèrement une fenêtre, à la place St.-Jacques, pour voir tomber, d'un œil sec, les têtes que la justice humaine fait rouler sur un échafaud;

» De Mansot qui se fait un scrupule de tricher au jeu et qui vend comme de bonne qualité des étoffes qui n'en sont pas;

» De Victorine qui, trouvant une égale distraction aux sermons des missionnaires et aux réquisitoires des procureurs-

généraux, va chercher des émotions tantôt dans les temples
sacrés et tantôt dans les cours d'assises ;

» De Malchus qui se confesse et communie une fois par mois
et prête tous les jours au quinze et au dix pour cent sur
nantissement ;

» De ce poète qui préconise son indépendance parce qu'il ne
flatte pas le pouvoir et qui vend sa plume à un parti dont il
ne partage pas les croyances ;

» De cet homme de génie qui., ayant le sentiment de sa supériorité, sommeille dans la paresse, se rouille dans l'inaction
et demande comme une grâce qu'un malheur vrai ou une grande
colère vienne éveiller les foudres assoupies dans son sein ;

» De ce feuilletoniste qui s'enorgueillit de sa prétendue im-
partialité, parce qu'il blâme les auteurs vivants dont il envie
la gloire et n'accorde ses éloges qu'aux morts dont il ne peut
contester le mérite ;

» De ce publiciste qui, après avoir servi successivement
toutes les opinions sans avoir obtenu les honneurs qu'il ambitionnait, croit mieux réussir en travaillant pour toutes à la
fois et se fait payer des articles-premiers-Paris dans *le National*, *le Siècle*, *la Quotidienne* et *les Débats*, détruisant le
lendemain dans les uns l'échafaudage qu'il avait élevé la veille
dans les autres ;

» De ces hommes d'Etat qui, parlant sans cesse de la prospérité et de l'intérêt de la France, ne sont réellement attachés
qu'à leur intérêt personnel et qu'à la prospérité de leur famille;

» De ces gens de guerre qui, se présentant partout comme
pleins d'honneur et de bravoure, ne savent que briller dans
un salon et se courber devant des supérieurs influents ;

» De ces dames qui, se moquant de celles qui négligent leur
ménage pour peupler incessamment les églises, s'occupent
beaucoup plus des affaires publiques que des leurs ;

» De ces chirurgiens qui, se dépouillant d'une philantropie
chèrement payée par ceux sur qui ils la mettent en pratique,
courent après l'amputation d'un membre avec autant de plaisir, avec autant d'empressement que les avocats, après un
procès ruineux ; etc., etc.

» Je pourrais, messieurs, ajouta-t-il, étendre à l'infini la nomenclature de ces observations malheureusement trop vraies; mais je pense vous en avoir dit assez pour vous démontrer que chaque individu, comme chaque corporation, a ses défauts plus ou moins apparents, plus ou moins dangereux; que souvent ceux qui blâment le plus les autres sont ceux qui méritent le plus d'être blâmés; que MM. Pierre et Jacques ne font sonner si haut les imperfections de leurs amis, que pour donner le change sur les leurs et je vous conseille pour tous... une indulgence dont je ne vous ai pas donné l'exemple en mettant sous vos yeux les quelques silhouettes qui ont fait le sujet de mon petit discours et parmi lesquelles vous avez le droit de m'intercaler, puisque ( ainsi que vous le voyez ), après vous avoir fait entendre des vérités dures, après avoir sans pitié déchiré le voile qui couvrait des figures ignobles, puisque, dis-je, je fais en vous prêchant moi-même la bonté, une espèce de capitulation avec ma conscience et que je veux racheter par la douceur de mes conseils tout ce qu'il y a eu d'aigreur dans mes portraits. » (1)

---

(1) Ces déplorables capitulations de conscience se rencontrent dans tous les temps et dans tous les lieux. L'histoire nous en a conservé un nombre incalculable: qu'on me pardonne de citer celles-ci:

Plutarque a écrit que pour rien au monde il n'aurait vendu un bœuf vieilli à son service et faisait battre des verges un esclave qui avait commis une gaucherie en le servant et qui, selon Aulu-Gèle, lui aurait reproché à ce propos de ne pas savoir mettre en pratique le beau traité qu'il avait publié sur la colère;

Tibère ayant condamné à mort les enfants de Séjan, ne voulut pas même qu'on épargnât sa fille encore en bas-âge: mais comme la loi défendait le supplice d'une vierge, il la fit violer par le bourreau, avant de la laisser frapper;

L'exécrable époux de l'exécrable Frédégonde, Chilpéric, ne respectait rien et sans scrupule comme sans remords se livrait à toutes sortes de crimes; mais un jour ayant violé un traité juré par lui sur les reliques de St.-Martin, St.-Polieucte et St.-Hilaire, afin d'échapper à la vengeance de ces bienheureux, il se fit précéder, en entrant dans Paris, par une foule de reliques d'autres saints qu'il présuma sans doute capables de le protéger contre leurs célestes confrères;

L'histoire de France parle ailleurs de certain évêque-guerrier qui donnait pour raison de ce qu'il portait une massue dans les combats, que l'évangile défendait de faire couler le sang, mais non d'assommer; de se servir de l'épée, mais non de la massue.

# CONTES DE LA CHAMBRÉE.

### AVANT-PROPOS.

J'ai besoin de quelques centaines de pages pour arrêter la publication d'un tout petit volume que je veux mettre bientôt au grand jour; mais il est quelques-unes de mes élucubrations que je conserve secrètement pour les livrer plus tard aux bénévoles lecteurs qui voudront bien me continuer leur indulgence; mais, à moins de déflorer des opuscules que je réserve pour un autre temps et pour une autre presse, je n'ai rien en ce moment, quasi rien à livrer à l'impression. Aussi quelquefois, je me martèle le cerveau, je me bats les flancs, je me surexcite pour enfanter quelques nouvelles productions et, semblable à ce malencontreux flaneur de Paris qui demande, à tous ceux qu'il trouve sur son passage, *s'ils n'ont pas rencontré un petit griffon d'une entière blancheur qui répond au nom de Cascaro*, il me prend souvent, en pleine rue, la velléité de dire à ceux qui m'y coudoient: « N'auriez-vous » point par hasard un sujet quelconque à me donner pour faire » un feuilleton Luxorien ou pyramidal ?... » Avant-hier soir néanmoins, en revenant du spectacle, je longeais, me rendant chez moi, les murailles de la caserne, lorsque je m'arrêtai pour entendre la voix d'un soldat qui, en racontant à ses camarades les amours et aventures de *Laramée*, provoquait les explosions les plus bruyantes d'une hilarité aussi communicative que vraie. Et alors je compris tout le parti que je pouvais tirer de ce genre d'historiettes en en défalquant les jurons énergiques et les crudités graveleuses. Dans ce siècle si peu rieur, dans cette époque où la politique assombrit tout et où la gaîté française est exilée même de nos chansons, qui sait si je ne parviendrai pas à faire éclore, par ce moyen, ce gros rire qui va jusqu'aux larmes et qui malheureusement se traduit le plus souvent par une contraction presque imperceptible des lèvres railleuses de nos froids spéculateurs ou de nos moroses politiques. A l'œuvre donc ! Arrière les épileptiques péripéties de nos dramaturges ! à moi, à moi la marotte de la folie ! Que d'autres s'arment des lanières de Figaro, je ne veux lui emprunter que son inextinguible belle humeur.

Il me souvient qu'au temps où les galons de caporal ornaient les manches de mon uniforme, ces histoires faisaient les délices de nos nuits. Nos conteurs en titre avaient parfois la coquetterie de se faire long-temps prier ; mais ils finissaient toujours par céder tantôt à nos instantes supplications, tantôt à la promesse d'un verre d'eau-de-vie. Il y en avait un entr'autres qui assaisonnait ce qu'il disait avec tant de sel et de goût que nous trouvions chaque fois un nouveau plaisir à l'écouter.

C'était du reste un excellent caporal que mon collègue Baudricart : je lui aurais donné la moitié de mon escouade pour qu'il m'apprît à diriger l'autre, et si je n'avais été moi j'aurais presque voulu être lui. Mais il était vraiment délicieux quand, après avoir fait numéroter tous les hommes de la chambrée, quand, après les avoir prévenus que le premier qui s'endormirait serait à l'amende d'une goutte, il s'écriait d'une voix forte : CRIC ?... et tous les autres, pour prouver qu'ils étaient attentifs, répondaient aussitôt et vivement : CRAC. Alors c'étaient des événements drôlatiques advenus au vieux soldat Laramée qui, *voyageant à cinq sous par jour, la voiture et le pain blanc,* faisait des conquêtes et des orgies ; d'autrefois il exhumait devant nous les souvenirs de la révolution et de l'empire et nous faisait assister à ce fameux congrès où se trouvaient quatre empereurs dont un était le roi de Prusse. Un jour il nous parlait de sa ménagerie où, *à côté de l'enfant incestueux d'une carpe et d'un lapin,* il nous montrait *ce roi des harengs, qui vint de Terre-Neuve à Dunkerque dans un pot de moutarde sans éternuer et à qui, sur le rivage, son maître dit : Hareng, sors, mon ami.* Paroles *mémorables et dignes de passer à la postérité : c'est d'elles que cet honorable poisson tire son nom, sa noblesse et son origine.*

Sa faconde était intarissable. Nul mieux que lui ne savait placer à propos ces jurons qui accentuent si bien et colorent si merveilleusement les phrases de la caserne. Nul mieux que lui, pour entretenir, éveiller ou piquer l'attention de ses auditeurs, ne s'interrompait aussi finement par un *cric*, toujours suivi d'une infinité de *cracs*. C'était la perle des conteurs. Maintenant que les rangs de nos vieux grognards s'éclaircissent tous les jours, maintenant que nos soldats sont renouvelés si fréquemment, les traditions se perdent, l'éloquence militaire de la chambrée cherche en vain ses anciens modèles et les facéties de Paul de Kock et de Raban remplacent chaque nuit dans les quartiers, les drôleries si regrettables dont je viens de vous entretenir. Maudites révolutions!... elles ne respectent rien : ce n'était donc pas assez que dans leurs délirantes innovations, que dans leurs meurtrières entreprises, elles eussent coupé la queue de nos housards, enlevé la canne des adjudants, **et** remplacé la culotte colante par le pantalon garance ; fallait-il encore qu'elles vinssent dépouiller les veillées du soldat de leurs prestiges les plus beaux, dépoétiser leurs entretiens nocturnes et frapper les échos de la chambrée de mots vains, stériles et froids ?...

O grand saint Martin ! auguste patron de l'armée ! ne laisse point mourir si tôt le feu sacré de nos gais et braves conteurs. Inspire-les du haut des cieux où tu les écoutes en souriant et ne souffre pas qu'ainsi qu'on l'a dit et des dieux et des lois, on puisse dire aussi : Les contes de la chambrée s'en vont.

En attendant que le bienheureux que j'implore prenne cette invocation jaculatoire en considération, j'essaierai, si Dieu me prête vie, de faire revivre quelques-unes des historiettes dont j'ai gardé fidèlement la mémoire et que j'ai entendu raconter par le bon caporal Baudricart : pudibonds lecteurs et vous surtout, chastes lectrices, ne vous effarouchez pas d'avance du titre général que je donne à ces publications ; je ferai en sorte de ne vous inspirer qu'une douce gaité, d'éliminer tout ce qui pourrait sembler un peu trop leste, de dépouiller mon travail des jurons que l'on pourrait espérer d'y rencontrer ; en un mot, il n'y aura rien de nauséabond et de déshonnête dans mon ouvrage et j'espère que

La mère en permettra la lecture à sa fille.

## CONTES DE LA CHAMBRÉE.

L'horloge de la ville avait à peine sonné dix heures du soir, qu'un roulement de tambour annonça qu'il fallait éteindre les feux dans la caserne. Toutes les fenêtres, hormis celles des corridors, cessèrent simultanément de projeter au-dehors le pâle éclat de leurs bougies de suif. Bientôt, dirigeant ses yeux et sa voix vers les vitres qui trahissaient de l'hésitation ou du retard pour cette extinction des lumières, le factionnaire de la police criait d'une voix de Stentor : Holà ! eh !... les chandelles ?... Soufflez les chandelles...

La chambrée que le caporal Baudricard présidait par droit d'ancienneté n'était jamais la dernière à se replonger dans une obscurité qu'elle aimait et qui chaque fois lui promettait le commencement ou la suite de quelque intéressante histoire. Aussi ne tarda-t-on point à y demander à grands cris un nouvel acte de complaisance à l'éloquent et agréable conteur, et alors commença le colloque suivant :

### BAUDRICARD.

Non, mille bombes, non, je ne vous raconterai rien cette nuit. Il en est parmi vous qui dorment comme des marmottes et il n'est pas agréable du tout d'être interrompu par un gros ronflement au moment où l'on s'attend le plus à exciter un rire prolongé. Plus souvent que...

### LES HOMMES DE LA CHAMBRÉE.

Oh ! caporal, soyez tranquille ; nous ne nous endormirons pas ; nos *cracs* ébranleront la salle chaque fois que vous pousserez un *cric*, et si votre conte dure jusqu'au jour, notre attention, soyez-en sûr, ne finira qu'avec lui.

**BAUDRICARD.**

Connu, connu. Vous promettez toujours plus de beurre que de pain; mais ce n'est pas moi qui m'y laisserai prendre.

**UN HOMME.**

Je promets de renverser la cruche sur la tête du premier qui dort.

**UN AUTRE.**

Je *jette* le manche à balai en sautoir à travers les reins de celui qui dira *crac* le dernier.

**TOUS.**

Allons, brave caporal, allons ne vous faites plus tant prier; nous vous écoutons et nous vous écouterons tous jusqu'à la fin.

**BAUDRICARD.**

C'est ce que nous verrons. En attendant je cède : Cric!

**TOUS.**

Crac ?

**BAUDRICARD.**

Il y avait une fois...

**TOUS.**

L'avant-propos!... Commencez par l'avant-propos.

**BAUDRICARD.**

Ça va... Cric !

**TOUS.**

Crac !

**BAUDRICARD.**

Sabot.

**TOUS.**

Sous-pied de guêtres.

**BAUDRICARD.**

Pas accéléré !

**TOUS.**

Marrrrrche !...

**BAUDRICARD.**

C'est bon de vous dire en vous disant que trois petits écus ne font pas neuf francs dans la poche d'un paysan, ni dans la mienne maintenant ; la *crotte* de chien n'est pas de l'onguent. Marche aujourd'hui, marche demain ; à force de marcher on fait beaucoup de chemin et l'on finit par arriver à 1,700 lieues de l'autre côté de l'Orient, là où il faut quatre hommes de corvée et un caporal pour faire lever à grands coups de bûches ce paresseux et coquin de soleil. L'on y rencontre des villages qui n'ont pas de maisons, des forêts sans bois, des rivières sans eaux. Les mouches y sont en perruque et les coqs en redingote.

Peignes de buis, peignes de cornes ; que le diable arrache les yeux de ceux qui dorment !... Cric !


**TOUS.**

Crac !... crac !...


**BAUDRICARD.**

# L'ENROLÉ VOLONTAIRE ET LE VIEUX TROUPIER.

### HISTORIETTE.

Il y avait une fois un jeune blanc-bec de dix-huit ans qui, parce que sa famille ne voulait pas le marier avec son amoureuse, s'imagina qu'il était taillé pour être soldat et pour jouer de la clarinette de cinq pieds. Il était grand, il était fort, et quoiqu'il n'eût pas plus de barbe qu'il n'y en a dans le creux de ma main, il fut admis à l'unanimité dans le régiment. En ce temps-là ( quoique il n'y ait pas de bien longues années depuis lors ) ce n'était pas comme aujourd'hui que vous dormez seul dans un châlit étroit et en fer, alors nous couchions deux à deux, dans un grand lit en bois et ce n'était certes pas toujours le plus beau de notre histoire ; témoin ce qui arriva à notre élégant bizet, durant la première nuit de ses noces avec l'état militaire :

Le gaillard avait été accouplé avec un vieux troupier qui portait trois certificats de bêtise sur le bras gauche et qui, à force de mettre le coude à hauteur du poignet, s'endormait tous les soirs rond comme cinquante-six mille hommes. Or, on avait diablement arrosé la bien-venue du nouvel incorporé. Il avait apporté des *picaillons* en masse, rien ne lui coûtait pour nous régaler et il faisait servir tout ce qu'il y avait de plus succulent et de mieux, comme, par exemple, du vin à douze, des pommes de terre en robe de chambre, la fine côtelette aux cornichons et des haricots comme s'il en pleuvait.

Vive Dieu ! ça allait bon train. Aussi on s'en donna à *tire-la-rigot* et la raison commençait à déménager de nos têtes quand le tambour de la retraite se fit entendre. Nous regagnâmes aussitôt tant bien que mal le quartier où nous eûmes tout juste la force de dire *présent* à l'appel et de nous mettre dans le *porte-feuille.* Malheureusement Giboulot , le camarade de lit du jeune Miqualet, fut malade depuis le roulement des chandelles jusqu'à la diane, jura, ronfla, cracha, cria continuellement et finit par lancer des fusées qui n'étaient pas à la Congrève et qui avaient certainement plus de senteur que d'éclat.

Miqualet, peu habitué à ce nouveau genre de feux d'artifice , se r'habilla promptement et se jeta dans les longs corridors de l'école-militaire afin d'y respirer un air plus pur. Il n'y avait pas long-temps qu'il se promenait ainsi de long en large , quand il crut entendre quelque chose d'étrange qui émoustilla sa curiosité et le porta de suite à s'approcher doucettement. C'était un fin matois de sergent-major qui , sachant que le cantinier était de garde , venait en tapinois essayer de courtiser la cantinière. — Servez l'Etat, faites faction dans la boue, soufflez dans vos doigts quand il gèle , veillez pour que les autres dorment, pendant ce temps-là on ira en conter à vos femmes et à vos maîtresses, on vous crachera sur la figure et l'on vous dira qu'il pleut... Ah! gredin de métier!... Pardon de la réflexion. Je vais continuer... Cric!

**TOUS.**

Crac!

**BAUDRICARD.**

Pour lors, je vous disais pourquoi et comment notre sergent-major en voulait à la cantinière. Mais c'était une luronne que Thérèse Gougoutte. C'était un dragon de vertu qui avait vu le loup et qui, quoique jeune encore, en aurait revendu à toutes les piegrièches du faubourg Saint-Germain où ( par

parenthèse) elle était née, puisqu'on l'avait trouvée, toute
petite, exposée sur l'esplanade des Invalides. Tant y a, qu'elle
disait à son enjoleur : « Laissez-moi tranquille ; c'est mal à
» vous de me faire ouvrir ma cantine après l'heure sous pré-
» texte que vous êtes malade et de venir ensuite me dire des
» fariboles. Fichez-moi le camp ou j'appelle la garde. » —
« Chère Gougoutte, que lui répliquait l'autre, ne crains rien,
» tout le monde dort. Personne ne nous voit et ne nous en-
» tend, il n'y aura que nous deux dans le secret. Ne repousse
» pas mes prières. Crois à la vérité de mon amour. » Et toutes
ces phrases si courtes étaient accompagnées de gestes qui for-
çaient la vivandière à se défendre. Il fallait qu'elle tint bien
ses cliques et ses claques pour ne pas les perdre. « Quand je
» serai adjudant, lui disait le sergent-major, je te donnerai
» ma protection ; tu fermeras ta cantine une demi-heure après
» les autres et jamais pour toi d'amende à payer ni de faction-
» naire devant ta porte. Allons, Gougoutte, sois... » Comme
le sous-officier se permit alors un attouchement déshonnête,
il reçut sur la joue le soufflet le plus vigoureusement appliqué
qu'il soit possible d'entendre. Il avait la parole avant, ça dut
la lui couper. Il n'est rien qui vous la coupe si bien. C'était
pourtant pas fini encore : revenu bientôt de son étonnement,
il entourait déjà la respectable cantinière, l'Artémise de la
caserne, avec des bras qui étaient plus menaçants que tendres
et c'en était fait d'elle, malgré ses cris et ses ongles, si tout-
à-coup notre jeune Miqualet ne s'était précipité par la porte
entr'ouverte et n'était venu par sa présence mettre le holà !
entre eux. Ça ne fut pas long, ça ne fit ni une, ni deux, la
*Gougoutte* reprit le dessus et congédia brusquement ces deux
visiteurs sans remercier l'un, sans maudire l'autre. Mais le
brave sergent-major était en colère comme un conscrit dont
on a croqué la portion et, serrant fortement le bras du jeune
homme : « Ah ! lui disait-il, je vais t'apprendre à fourrer ton
» nez où il ne faut pas... Tu vas d'abord coucher à la salle
» de police pour courir la prétentaine à ces heures-ci. Allons,
» en route. » Mais au moment où il s'y attendait le moins, au
détour d'un corridor, voilà mon parisien qui passe la jambe

au chef, lequel tombe les quatre fers en l'air, n'y voit que du bleu et, quand il se relève, ne sait pas où s'est esbiné son prétendu prisonnier. Enfoncé! enfoncé!!!

Cependant Miqualet, après avoir long-temps joué des jambes, fit halte, dans la cour de l'état-major, afin de reprendre un peu haleine. Il n'y avait pas une minute qu'il y était, qu'un homme en chemise tomba de la fenêtre en bas, comme un paquet de linge sale, *poum!...* C'était un aide-de-camp, rien que ça, excusez du peu. — C'était un aide-de-camp qui, surpris par le mari de la commandante, prenait le chemin le plus court pour ne pas être reconnu; et puis la commandante qui lui jetait par la même route son chapeau à plumes, son épée à gland, sa culotte à bande et son habit à aiguillettes, et puis mon Miqualet qui aidait l'aide-de-camp à ramasser le tout et qui se sauvait avec lui, tandis que le bonhomme de mari, n'ayant rien vu, s'excusait près de madame de ce qu'il s'était permis d'enfoncer la porte... Pauvre sot!... Ni vu, ni connu, je t'embrouille.

Miqualet passa le reste de la nuit avec l'officier qui lui promit sa protection, lui recommanda le silence et se retira ensuite en lui donnant ses nom, prénoms et qualités. Quand il fut seul et avant de rentrer dans sa chambre, notre jeune homme fit des réflexions. La chasteté de la cantinière l'étonnait, l'inconduite de la grande dame le fâchait; il se demandait pourquoi dans toutes les situations du monde il y a plus de vertus chez les pauvres que chez les riches, sous le chaume que dans un palais, dans la baraque du cantinier que dans le salon de l'état-major... Cric!

TOUS.

Crac!

BAUDRICARD.

Quand il fut jour, comme il n'y a pas de fête sans lendemain, comme on n'est pas fâché de manger un peu du poil de la bête, Miqualet conduisit les camarades de la chambrée chez Thérèse Gougoutte qui, après leur avoir versé une rasade d'eau de vie à tous, prit le jeune homme en particulier et l'engagea à ne rien dire de ce qu'il savait. Ce qui fut dit, fut fait et personne n'a connu cette bamboche que moi, Pierre-Bartholomée Baudricard, qui vous la raconte ici pour vous édifier et pour que vous n'en parliez pas non plus. Ainsi soit-il!

Cependant les parents du nouvel arrivé étaient aux cents coups ; ils vinrent à la caserne pour le ramener chez eux, ils firent des pieds et des mains pour le désengager. Mais bernicle! pas moyen. L'engagement était signé et un nouveau numéro était couché sur la matricule du corps. Alors la mère pleura, le père grommela. Car il faut vous dire, c'était son fils unique qu'il perdait par son entêtement. Mais celle qui pleurait le plus c'était Ursule Beaucours, son amoureuse, qui, oubliant que c'était à cause d'elle qu'il avait endossé l'uniforme, lui en voulait plus que les autres et pleurnichait comme une Madeleine, que c'était à en faire pitié, la pauvre enfant. L'engagement n'était que pour huit ans, ni plus, ni moins ; huit ans c'est pas de la *gniogniotte*, quand on est pressée de se marier, et qu'on a peut-être des raisons pour ça. Enfin, chut... Ne mettons pas la charrue avant les bœufs et ne faisons pas feu avant le commandement : j'aurai le temps de vous dérouler le tout dans la suite et ne ferai pas entendre au commencement ce qui ne doit être su qu'à la fin.

Miqualet qui, durant les premiers jours, se reluquait d'aise dans son uniforme, perdit petit à petit tout l'enthousiasme qui l'avait d'abord animé. Le métier commença à lui sembler moins beau quand le manche à balai remplaça le fusil dans ses mains. Pourtant le vin était versé, il fallait le boire et ne pas trop avoir l'air de faire la grimace. Le vieux Giboulot qui s'était franchement attaché à son camarade de lit, voyait avec chagrin son découragement et sa tristesse. Il faisait tout ce qu'il dépendait de lui pour l'égayer et le distraire; mais rien ne réussissait. L'eau-de-vie de Gougoutte, le vin à huit de Desnoyer, les danses de la barrière, rien ne consolait notre jeune amoureux qui ne pensait qu'à son Ursule et à sa famille.

Heureusement pour lui, que le régiment n'avait pas encore
reçu l'ordre de quitter Paris; mais ça pouvait arriver d'un
moment à l'autre, et la peur du mal ressemble beaucoup au
mal lui-même.

Un soir que les deux camarades s'étaient attardés un peu
plus qu'il ne fallait, Miqualet voulut traverser le passage Véro-
Dodat pour jeter, à travers les vitres, un regard à sa jeune
maitresse. Il l'aperçut, triste et pâle, au milieu de ses folles
et fraiches compagnes; tandis que les autres chantaient ou
riaient, elle de temps à autre essuyait en cachette une larme
ou étouffait un soupir. Comme elle était changée en si peu de
temps! Miqualet eut le cœur si gros de la voir ainsi qu'il ne
voulut plus s'en aller et qu'il dit à Ciboulot: « Tu peux re-
» tourner à la caserne, toi ; quant à moi, j'attendrai que le
» magasin se ferme et qu'Ursule sorte, parce que je veux l'ac-
» compagner, parce que je veux lui parler. » Ainsi fut dit,
ainsi fut fait: le vieux troupier eut beau parler et de la punition et du découcher, l'amoureux resta à attendre sa belle
pendant près de trois heures et Ciboulot reprit le chemin de
l'école militaire.

Quand le magasin fut fermé, quand promptement revenue
de la surprise qu'elle éprouva, Ursule eut passé son bras dans
celui de Miqualet, les deux amoureux se dirent mille choses
tendres, en veux-tu, en voilà, c'était à n'en plus finir. Et
quand le tour de la tendresse fut passé , celui des reproches
arriva. On grondait, on pleurait, on se caressait tout ensemble. Les heures passaient et on ne les comptait pas, et pourtant
il fallait se séparer. Ils convinrent auparavant de se rejoindre
le lendemain et puis Ursule rentra chez elle, rouge comme
une cerise et fut vertement grondée par sa vieille tante. Quant
au soldat, il commençait à s'apercevoir du tort qu'il avait eu
de rester si tard et entendait déjà tinter à son oreille les clefs
de la salle de police. Il doublait sa marche, puis la ralentis-
sait sans savoir ce qu'il faisait et passait, sans commandement,
du pas ordinaire au pas accéléré et réciproquement, comme
dit la théorie. Voilà qu'en traversant le boulevard des Invalides,
il entend geindre une voix humaine auprès de lui et, leste! il

court de ce côté. Que voit-il ?... Devinez-le, je vous le donne en quatre... Ah! vous ne pouvez pas... tas de sorciers, va... Heureusement qu'on avait inventé la poudre avant votre venue au monde... Eh bien! puisque vous ne pouvez pas y mettre le nez dessus, je vais vous l'apprendre, moi. — Cric!

**TOUS.**

Crac!... crac!...

**BAUDRICARD.**

C'était encore mon aide-de-camp de la caserne, qui, moins heureux cette fois que lorsqu'il sautait par la fenêtre de la commandante, s'était fendu la tête contre un arbre dans une brusque séparation de corps qui avait eu lieu entre son cheval et lui. Il saignait et tout pâle qu'il était, vous pensez qu'il n'était pas blanc. Miqualet puisa, avec ses souliers, de l'eau dans le bassin de la fontaine, lui lava sa blessure, le rendit à la vie et se faisant aider par un *pékin* qui passait le transporta dans la rue de Grenelle où il demeurait et où déjà sa monture était depuis long-temps arrivée. Si vous aviez vu comme l'officier était content quand il s'aperçut que c'était encore Miqualet qui lui avait rendu service! Il l'en remercia beaucoup, promit de lui être utile au besoin et, pour commencer, il fit une belle et longue lettre au colonel du régiment, dans laquelle il lui disait que notre jeune homme n'avait découché qu'à cause du malheur qui lui était arrivé et le priait, par apport du bien qu'il lui avait fait, de ne pas le punir du tout.

Durant ce temps-là, on avait battu la diane dans la caserne et Giboulot s'étant éveillé seul dans son lit, pensa avec raison que son camarade avait découché ou probablement était sous les verroux. Il courut au corps-de-garde, à la salle de police, au cachot; il s'informa auprès du sergent de planton, du caporal de consigne et des factionnaires; rien, il n'apprit rien, pas plus de Miqualet par là qu'il n'y a de louis d'or sur ma main. Déjà on faisait des suppositions en foule, les uns disaient

qu'il avait pris la poudre d'escampette, les autres qu'il avait
fait un voyage aux filets de St.-Cloud, et les moins effrayés le
croyaient à la place Vendôme ou à l'Abbaye. Comme il ne faut
pas tant de beurre pour faire un quarteron, on croyait à tout
cela et on le plaignait sincèrement. Tout-à-coup un beau cabriolet s'arrête devant la grille, un soldat en descend, puis le
cabriolet s'en va et le soldat reste. C'était lui tout justement
que l'aide-de-camp avait fait conduire ainsi et qui arrivait avec
sa lettre de grâce du colonel et la certitude qu'il ne lui serait
rien fait. C'est alors que les conjectures recommencèrent de
plus belle : ceux-ci voulaient qu'une princesse fût devenue
amoureuse de lui à la parade et l'eût fait coucher à ses frais
dans le lit du Gouvernement ; ceux-là prétendaient l'avoir vu
entrer chez cette vieille marquise du noble faubourg, laquelle
aime mieux de forts soldats aux larges épaules que des gentils-
hommes à quatorze quartiers. Quoiqu'il en soit on n'y vit que
du bleu et Miqualet ne fut pas bloqué. Giboulot en fut si
content qu'il but la goutte à crédit et se fit buriner pour quarante centimes sur le registre de la cantinière ; ce qui prouve
évidemment que nous sommes tous mortels et que ce n'est pas
toujours ceux qui gagnent l'avoine qui la mangent.

Le même jour, après avoir parlé long-temps avec sa person-
nière, Miqualet fut trouver son père et sa mère et leur dé-
clara qu'il était déjà fatigué d'être troupier, qu'il voulait ou
se marier de suite, ou se faire mourir, ni plus, ni moins. C'est
qu'il leur disait tout cela d'un ton résolu et que c'était un
gaillard à le faire, sans tambour ni trompette. La maman s'at-
tendrit au point qu'elle se mit aux pieds de son époux et lui
demanda en pleurant son consentement à ce mariage. Mais
celui-ci ne voulut rien entendre de cette oreille-là. Miqualet
lui semblait trop jeune pour le *conjungo*, et comme l'état de
soldat apprivoise les plus malins, il n'était pas fâché que son
héritier tirât sa crampe pendant huit ans. Il ne raisonnait pas
mal, le père Miqualet ; mais nous allons bientôt voir que
l'homme propose et Dieu dispose, comme dit notre carottier
d'aumônier.

Miqualet était têtu comme un Breton ; il était au désespoir

du refus de son père et il se dirigeait vers le pont d'Iéna avec de mauvaises, bien mauvaises pensées. Il y avait pourtant quelqu'un qui le suivait de loin et qui, sans faire semblant de rien, lui emboîtait le pas le mieux du monde. C'était son vieux camarade de lit. Il y a des amis qui arrivent quelquefois comme ça tout juste au moment du danger et qui devinent sur votre figure ce qui se passe dans votre coffre. Giboulot était de cet acabit. Il avait deviné le dessein de notre amoureux et il s'était dit qu'il l'empêcherait de l'accomplir. Mais pourtant il ne s'en fallut pas d'une baguette de fusil qu'il n'empêchât rien du tout et c'eût été bien malheureux que tant d'amitié et de courage fût resté sans récompense. Ça dégoûterait d'être honnête. Bref, voilà que mon Miqualet, arrivé sur le milieu du pont, sans retourner la tête, sans donner à l'autre le temps d'approcher de lui, ne fait ni une ni deux, franchit le parapet et *patatra*, fait le plongeon dans la Seine. On ne le vit plus d'abord, puis il revint sur l'eau un moment, puis il disparut de nouveau. Giboulot s'était donné le temps de prendre le costume du père Adam avant sa faute, et ensuite s'était mis à nager du côté où il avait vu barbotter notre fou. Un batelier se dirigeait en même temps vers le même endroit et, pour ne pas vous faire languir trop long-temps, je vous dirai que Giboulot finit enfin par attraper Miqualet par un bras (s'il l'avait pris par la tête, il n'aurait pas pu le sauver, et ce qui fait qu'il y a tant de soldats qui se noient, c'est parce que l'on leur coupe les cheveux en brosse).

On le ramena sur le rivage, on le croyait mort; mais Gougoutte qui venait avec son petit baril de l'exercice des recrues, arriva pour lui frotter les tempes et le nez avec son eau-de-vie. Ça lui faisait d'abord comme un bouillon à un lapin, ou comme un emplâtre sur la jambe de bois d'un invalide; mais voilà tout-à-coup qu'il se remue, qu'il vire les yeux à droite et à gauche et qu'il se met à dégobiller comme un sonneur qui revient de la barrière avec sa peau de bouc tellement pleine qu'il fait vraiment tort à l'octroi.

En ce moment un cabriolet qui passait par là s'arrêta, et il en descendit un officier déguisé en bourgeois qui reconnut

aussitôt Miqualet, car c'était encore mon brave aide-de-camp
avec la commandante elle-même. Pensez comme il fut content
de rencontrer cette occasion de faire quelque chose pour notre
jeune homme, et la commandante aussi qui savait tout ( car
il n'y avait pas de secrets entre elle et son bon ami ) voulut
être de moitié dans le service qu'on voulait rendre au pauvre
soldat. On le coucha doucement dans la voiture, puis dans
un lit bien chaud, dans un bel appartement, on lui tanna
la peau avec des frictions de je ne sais quoi, et on lui
fit avaler des bouillons de je ne sais qu'est-ce.

Tandis que tout cela se faisait, on avait été trouver les parents, on les avait effrayés, on les avait forcés de consentir
au mariage du fils que Giboulot voulait remplacer pour rien
et que l'aide-de-camp jurait de faire libérer par le roi avant
vingt-quatre heures. En outre, la commandante et son bel
officier donnaient six cents francs chacun à Ursule pour son
cadeau de noces et se chargeaient de tous les frais du curé et
du restaurateur. Le tout fut vite baclé. On donna d'abord le
congé de Miqualet qui n'a jamais oublié le vieux soldat à qui
il doit son bonheur et sa vie et qui, quand il le peut, vient
encore à présent le régaler avec le chenic de Gougoutte. Il
est heureux désormais, sa boutique est une des plus fréquen-
tées de Paris ; Ursule au lieu d'être ouvrière est maîtresse. La
commandante lui a fait avoir de bonnes et nombreuses prati-
ques et tout va le mieux du monde. Mais ce que je ne dois
pas oublier de vous apprendre... cric!...

TOUS.

Crac!... crac!...

BAUDRICARD.

C'est que toute la chambrée fut de la noce. Et quelle noce,
mille tonnerres ! Un salon de quarante couverts ! Tout y était
bon, tout y était fameux. On s'y léchait les doigts. Les co-
chons y couraient tout rôtis dans la cour, le poivre dans une
oreille, le sel dans l'autre et la moutarde... sous la queue. —
En mangeait qui voulait. —

# ÉGLINE,

ou

## L'ÉCLAT NE FAIT PAS LE BONHEUR.

**Nouvelle.**

## I.

Il est souvent des hommes incontestablement médiocres qui parviennent au pinacle des honneurs et qui, au mépris de toutes les probabilités possibles, s'élèvent à des sommités sociales dont ils ne devraient jamais approcher. Il en est d'autres qui, doués de tous les éléments qui constituent le mérite et la supériorité, végètent, on ne sait ni pourquoi ni comment, dans une obscurité profonde qui paraissait ne point devoir être leur partage.

Cette anomalie, qui se remarque trop fréquemment parmi nous, n'a rien de rationnel et pourtant elle frappe si souvent nos regards, elle décourage tant de justes ambitions, qu'il est bon de la constater et qu'il doit être utile d'en montrer de temps à autre et le charlatanisme et la frivolité. Du reste, un génie obscur et inconnu est toujours un génie, et une médiocrité titrée et brillante ne cesse pas d'être une médiocrité; c'est ainsi que le diamant qui demeure caché dans la fange est toujours un objet de prix, et que la poussière que le souffle des vents fait monter jusqu'aux cieux n'en reste pas moins vile et méprisable. Et puis, un jour vient où chaque chose reprend la place qu'elle devait occuper, où le diamant brille sur un front auguste et où le Camoëns s'élève au-dessus, bien au-dessus des chefs qui le commandaient et qui sont éclipsés par les splendeurs de sa gloire immortelle.

Quelques années après celle qui vit rentrer les Bourbons en France, dans un moment où toutes les passions politiques étaient encore en fermentation et où une injurieuse inquisition étendait ses perfides réseaux sur tous les rangs de l'armée, Couriol avait, comme maréchal-de-camp, le commandement militaire d'un département.

Jeune encore, son avancement avait été d'une rapidité d'autant plus étonnante qu'il n'était justifié ni par ses qualités personnelles, ni par des actions d'éclat. Il avait végété longtemps, traînant dans les dépôts ses épaulettes de capitaine ; l'entrée des alliés à Paris et ses protestations de dévouement lui méritèrent le grade de chef de bataillon; la révolution du Vingt-Mars et le retour de Napoléon le firent nommer lieutenant-colonel ou major; le désastre de Waterloo et une nouvelle défection faite à propos par lui lui valurent l'emploi de colonel. Puis, des dénonciations portées par lui contre ses anciens camarades, et surtout la dureté avec laquelle il traitait, dans sa légion, ceux qui avaient ou pouvaient avoir quelques regrets à l'endroit de l'empire, lui attirèrent la grand'croix de Saint-Louis et le poste de général de brigade.

Parmi les officiers qu'il avait voulu faire ignominieusement destituer pendant qu'il était à la tête d'une légion départementale, se trouvait Ernest Dubassin, sous-lieutenant brave et instruit, dont la supériorité ne pouvait être mise en doute par ses envieux mêmes. Son mérite acquérait chaque jour de nouveaux droits à l'admiration des personnes désintéressées et de nouveaux titres à la haine de quelques médiocrités jalouses. Insoucieux comme tous les poètes, il négligeait souvent de petites fadaises qui lui attiraient des admonestations méritées. Fier comme tout homme qui sent ce qu'il vaut, il écoutait, avec dédain quelquefois, avec colère plus souvent, ces reproches qui ne lui étaient pas adressés sans aigreur. Indépendant par sa nature, jamais il ne parlait avec humilité ni avec insolence à ses chefs : une politesse froide et calculée était tout ce qu'ils pouvaient obtenir de lui. Du reste, scrupuleux observateur des prescriptions réglementaires, il ne manquait à aucune des obligations imposées à son grade, et quand ses supérieurs blâmaient la raideur et la fierté de son caractère envers eux, tout le monde louait la justice et l'urbanité qui régnaient dans ses rapports avec ses inférieurs. Possesseur en outre d'une imagination vive et brillante, assis dans une bibliothèque plus commodément que dans un salon, où pourtant il n'était jamais déplacé, connaissant beaucoup mieux les écrits des morts que les usages des vivants, il rêvait une immortalité qu'il atteindra peut-être, et préoccupé sans cesse du besoin de se créer un grand nom, il se livrait sans relâche à des études qui absorbaient son temps et agrandissaient de plus en plus le domaine de son intelligence.

Sa franchise était tellement proverbiale parmi ceux qui le connaissaient, que dans les choses les plus importantes comme dans les plus insignifiantes, on ne doutait jamais de la véracité de ses expressions, et qu'il suffisait qu'on déclarât qu'elle venait de lui pour faire croire la nouvelle la plus invraisemblable.

Un tel homme devait être nécessairement haï de M. Couriol ; ils étaient diamétralement opposés et dans une situation morale et physique absolument contraire : l'un était supérieur par le grade et l'autre par le talent, qui est aussi une puissance ; celui-là, parvenu à force de bassesses, ne voulait prêter son appui qu'à des hommes aussi rampans que lui ; celui-ci, au contraire, incapable de se plier à d'ignobles exigences, eût préféré demeurer toujours obscur et malheureux plutôt que de devoir sa fortune à d'infâmes moyens. Le général, malgré tous les dehors trompeurs dont il savait entourer ses intentions, laissait souvent échapper contre le jeune officier quelques mots de colère que ce dernier jurait chaque fois de ne jamais lui pardonner, et le peu de ménagement qu'il mettait dans la manifestation de sa haine était cause qu'elle était connue de tous. C'étaient en un mot deux ennemis qui ne se cachaient pas, parce qu'ils connaissaient l'un la puissance actuelle de son rang et l'autre la puissance future de sa plume ;

que s'il y avait méchanceté et pouvoir d'un côté, il y avait courage et talent de l'autre.

Telle était la situation d'Ernest Dubassin et de Couriol, quand un nouvel incident fit surgir au milieu d'eux d'autres pommes de discorde et d'autres fermens d'aversion.

## II.

La légion à laquelle appartenait Ernest Dubassin était, en 1819, en garnison à ***, chef-lieu de préfecture du département que commandait Couriol.

Parmi les nombreuses beautés qui se faisaient remarquer dans cette grande ville, la plus séduisante sans contredit était Egline de Rocaby, seule et dernière héritière d'un nom illustre et d'une fortune immense. Elle avait pleuré de bonne heure la perte des auteurs de ses jours et avait grandi auprès d'une vieille tante qui mit ses soins à lui faire donner une éducation aussi brillante que solide. Notre jeune orpheline avait réalisé toutes les espérances, toutes les prévisions que la précocité de son intelligence donnait le droit de concevoir. La harpe et le piano rendaient sous ses doigts des sons mélodieux et tendres; la toile sous ses pinceaux prenait les couleurs de la vie. Elle parlait l'anglais, l'italien et le français avec une perfection rare, et les beaux vers de Byron, du Tasse et de Racine étaient encore plus beaux quand ils étaient accentués par elle. L'histoire des temps anciens et des temps modernes lui était familière, et son esprit, juste sans être froid, profond sans être pédant, était embelli encore par une modestie qui n'avait rien d'affecté. Vertueuse sans ostentation, aimable sans coquetterie, elle répandait sur tout ce qui l'entourait un charme vainqueur et attachant. Mais ces rares qualités, ces précieux ornements de l'âme n'étaient pas encore tout ce que l'on admirait en elle : elle était d'une beauté ravissante et ses rivales mêmes se voyaient toujours forcées d'en convenir. Son apparition dans un salon était partout suivie d'un murmure d'empressement flatteur de la part des hommes et de quelques mouvements d'un envieux dépit de la part des femmes. Sa douceur néanmoins effaçait bientôt du cœur de celles-ci l'impression soudaine et involontaire que l'éclat de ses charmes produisait d'abord et ( chose rare ! ) parmi toutes celles qui jalousaient le plus ces triomphes qu'elle ne cherchait pas et ces grâces dont elle tirait si peu de vanité, il ne s'en trouvait peut-être pas une qui ne lui fût sincèrement affectionnée. Tant il est vrai que la vertu simple et modeste exerce sur toutes les âmes un empire aussi doux que puissant et que l'on pardonne plus aisément une supériorité qui n'est ni fière ni dédaigneuse ! ! !

Couriol et Ernest n'avaient point été les derniers à admirer Egline et tous les deux la désiraient ardemment quoique poussés par des véhicules opposés. Celui-ci aimait en elle ces rares vertus embellies par tant de charmes ; celui-là ne la convoitait qu'à cause de son illustre origine rehaussée encore par de grandes richesses. Mais l'un et l'autre avaient eu rarement occasion de voir l'objet de leurs désirs ; quelques rencontres fortuites dans les courtes visites d'usage, quelques regards échangés rapidement au milieu des promenades publiques, voilà tout ce qu'ils avaient pu obtenir jusqu'au moment où décembre survint avec ses longues nuits et ses brillantes soirées.

Egline, de son côté, avait fort peu remarqué ces messieurs ; mais déjà dans les entretiens intimes qu'elle avait eus avec ses jeunes amies, souvent on avait parlé de l'élégante tournure de l'un et de la disgràcieuse figure de l'autre ; mais déjà, sans le connaître personnellement, elle s'était plusieurs fois associée aux sentiments généreux de Dubassin et avait lu avec un intérêt émouvant tous les opuscules qu'il avait livrés à la publicité. Son âme étant ainsi prédisposée, il est facile de prévoir que, lorsque nos deux amants se présenteront à elle, son choix ne sera ni long ni douteux. Heureuse si des exigences aussi impérieuses que misérables ne viennent pas ensuite jeter des entraves insurmontables entre les sentiments qu'elle inspire et ceux qu'elle doit bientôt éprouver elle-même.

## III.

C'était le soir ; l'horloge avait tinté neuf heures. Toutes les rues qui aboutissaient au magnifique hôtel de la préfecture étaient ébranlées sous les nombreux équipages qui venaient y déposer de brillants invités. Les salons resplendissaient de lumières. Une ineffable vapeur d'harmonie et d'essences semblait les envelopper d'un nuage aussi enivrant qu'agréable. Des lustres éclatants y secouaient les gerbes prismatiques de leurs feux scintillants. Les tableaux, les candelabres, les tentures y étaient d'une richesse qui n'ôtait rien à leur élégance ; mais ce qui , sans contredit, y brillait plus encore, c'était une foule de dames aux blanches épaules nues, au sein haletant de plaisir et de fatigue, au front orné de rubis et de fleurs, aux doigts chargés de diamants et d'or. Belles et rieuses , pendues nonchalamment au bras de leur dernier danseur, elles tourbillonnaient pêle-mêle au milieu de cette voluptueuse enceinte, pressées, coudoyées et attendant avec impatience le signal de recommencer la danse aux pas symboliques et la valse aux étreintes délirantes. Tous y étaient agités, tous y tournoyaient avec une confusion presque bruyante, tous... excepté un jeune officier qui , les yeux fixés constamment vers la porte d'entrée, absorbé dans une attente contemplative, semblait être étranger aux mouvements qui se continuaient autour de lui.

C'était le soir ; l'horloge avait sonné neuf heures et Egline n'avait point encore paru. Une poignante anxiété serrait le cœur d'Ernest. Perdrait-il encore cette occasion de faire enfin connaitre un sentiment qu'il ne pouvait plus concentrer en lui-même et qui était devenu une partie intégrante de son être, un besoin impérieux de son âme?... Tout-à-coup la porte s'ouvrit et Egline précédée par sa tante entra dans le salon.

Un murmure d'admiration l'accueillit de toutes parts. Les personnes qui étaient assises se mirent debout pour jouir plus tôt de sa vue ; celles qui naguères se promenaient si bruyamment sur les palissandres du parquet, s'arrêtèrent incontinent et un silence extatique succéda au même instant au bruit flatteur que son apparition avait provoqué...

Se faisant brusquement jour à travers les flots d'adorateurs qui convergeaient autour d'elle, franchissant avec une rapidité plus qu'impolie l'espace qui le séparait d'elle, Ernest, avant même qu'elle ait eu le temps de présenter ses hommages à la dame qui présidait le bal, Ernest a volé auprès d'Egline et a murmuré d'une voix presqu'inintelligible tant elle était tremblante, le désir d'être honoré le premier de son choix. Les joues de la jeune fille se colorèrent soudain d'un incarnat brillant, les pulsations de son cœur acquirent une force, une précipitation singulière et un signe d'assentiment fut la seule réponse qu'elle put formuler alors. Oh ! qui connaît assez les mystères de l'âme pour comprendre ce qui se passait alors dans la sienne, pour pressentir quelle influence ce rapide moment doit exercer désormais sur sa destinée?...

Pourtant tous les spectateurs de cette étrange scène blâmaient le jeune officier. Tous le connaissaient à cause de ses talents et tous, à cause de ces talents qu'ils ne pouvaient lui contester, se montraient plus sévères envers lui quand ils parlaient ou de son originalité ou de ses gaucheries. Comme s'il était possible qu'il pût se circonscrire dans le cercle étroit de leur étiquette et de leurs minuties ! Comme s'il ne cesserait pas d'être lui du moment qu'il voudrait leur ressembler! Ainsi sont les hommes : s'ils admirent la beauté du chant du rossignol, ils n'oublient pas la laideur de son plumage. Et vous, pauvres poètes, rossignols de l'humaine espèce, on voudra bien applaudir à vos nobles conceptions, mais si, pour les enfanter, vous avez plus vécu avec les morts qu'avec les vivants, si les pénibles élucubrations du cabinet vous ont fait négliger les faciles habitudes des salons, n'attendez aucune indulgence de la part de vos contemporains : ils s'estimeront bien heureux si dans ces petites choses-là ils peuvent se proclamer supérieurs à vous... C'est du reste une fiche de consolation qu'il ne faut pas leur envier.

## IV.

Le général Couriol qui plus que tout autre devait être blessé autant de la préférence qu'avait obtenue Ernest que de la façon dont il s'y était pris pour l'obtenir, crut avoir rencontré un prétexte plausible d'éloigner momentanément un rival aussi redoutable et, prenant un ton digne, « Monsieur Dubassin, » lui dit-il tout bas, vous méritez... » En ce moment l'orchestre préluda à la contredanse et Ernest, sans l'écouter davantage, se précipita vers sa belle danseuse, lui présenta la main et se plaça avec elle dans le quadrille qui venait de se former.

Il trouva aisément des raisons pour se disculper de sa brusquerie. Les femmes pardonnent volontiers les fautes qu'elles font commettre et le moyen d'être inflexible contre un empressement aussi amoureusement motivé !... Ce n'était que pour elle qu'il était venu au bal ; ce n'était qu'avec elle qu'il ambitionnait de danser ; il l'attendait avec une impatiente inquiétude et c'est au moment même où il désespérait le plus de la voir qu'elle lui était soudainement apparue et que ne pouvant maîtriser des transports long-temps comprimés, il avait oublié toutes les convenances et affiché involontairement un amour qui le dominait depuis tant de jours. Elle qui l'écoutait avec l'envie d'être persuadée et qui d'avance lui avait pardonné, fut heureuse de le trouver plus amoureux que répréhensible.

A peine Ernest avait-il ramené M<sup>lle</sup> de Rocaby auprès de sa tante que le général, le prenant à part, lui dit :

— « Il me semble, monsieur, que vous auriez dû m'écouter jusqu'au bout, quand je vous ai eu manifesté l'intention de vous parler.

— J'aurais alors ajouté une nouvelle impolitesse à celle que vous vous donnez à tort le droit de me reprocher ici.

— Prenez, monsieur, un ton plus respectueux et souvenez-vous qu'ici comme partout je suis votre supérieur.

— Vous vous donnez assez de soins pour qu'on ne puisse l'oublier.

— Eh bien! reprit Couriol, apprenez que votre indiscrète équipée a provoqué la désapprobation de tous, qu'elle pourrait empêcher les autres officiers d'être invités aux soirées qui vont avoir encore lieu et que, pour ces motifs, je vous ordonne de rentrer de suite dans votre chambre. Vous y garderez les arrêts simples jusqu'à nouvel ordre.

— Vous ne songez pas, général...

— Je songe à tout et veux être obéi sur-le-champ.

— Eh bien ! vous ne le serez pas...

Ces derniers mots avaient été proférés avec force et toute l'assemblée qui avait les yeux fixés sur eux, comprit alors le sujet de leur conversation.

Le préfet s'interposa avec succès entre les interlocuteurs. Ernest resta. Le général fut blâmé par tous; nul ne voyait dans l'incartade irréfléchie du jeune homme un grief digne d'une pareille rigueur.

Egline, pour qui il éprouvait de tels désagréments, s'intéressa plus vivement à lui. Aussi accueillit-elle avec une froideur prononcée les fades compliments que Couriol eut plusieurs fois occasion de lui débiter durant le reste de cette soirée.

Ainsi tout tournait à l'avantage du sous-lieutenant ; mais le lendemain il reçut une lettre qui lui enjoignait huit jours d'arrêts de rigueur. Puis, sur le rapport du maréchal-de-camp et au nom du lieutenant-général qui se montrait plus souvent à la cour de Louis XVIII que dans le chef-lieu de sa division, il fut, à cause des mêmes motifs, envoyé pour un mois dans une prison militaire.

## V.

Tandis qu'Ernest, claquemuré dans une forteresse, multipliait d'inutiles réclamations contre l'énorme punition qu'il était obligé de subir, tandis qu'il faisait des commentaires

aussi justes qu'infructueux sur cette législation exceptionnelle
et anormale qui , dans un temps où il n'est pas permis de re-
tenir le dernier goujat dans une prison sans un jugement
préalable, autorise des colonels et des généraux à y renfermer
des officiers pour de simples fautes de discipline, Couriol em-
ployait tous les moyens que lui suggérait son astucieux caractère pour triompher de la répugnance qu'Egline montrait pour
lui et, comme il l'attribuait avec raison aux sentiments que
lui avait inspiré le jeune officier , il s'appliqua à le déconsi-
dérer auprès d'elle. Admis dans l'intérieur de l'hôtel de M<sup>lle</sup>
de Rocaby , favorisé par la tante à qui il avait su faire désirer
son alliance , appuyé par ce qu'il y avait de plus remarquable
parmi les notabilités de la ville de *** , il ne tarda pas à cir-
convenir la jeune fille , au point qu'il ne se passait pas de jour
qu'il ne la vît et ne lui parlât. Le portrait de Dubassin n'était
pas flatté certes quand il était fait par M. Couriol et pourtant
comme Egline , au milieu des horreurs qu'on disait de lui ,
savait toujours démêler quelque chose de flatteur et d'honorable pour celui qu'elle préférait , elle se complaisait à entendre
parler de lui et souvent était la première à faire tomber la
conversation sur le prisonnier.

Quoiqu'il en soit , des propositions de mariage avaient été
faites par le général et avaient été accueillies avec empressement par les parents d'Egline. On employa tout ce qui peut
séduire et éblouir un jeune cœur pour applanir les obstacles
que notre jolie orpheline élevait chaque jour et l'on ne réussit
que trop à la tromper sur ses propres sentiments. Elle ne devait pas aimer un jeune homme qui n'avait pour lui que les
quelques talents dont il tirait vanité et qui n'avait à espérer
qu'un avenir borné et modeste dans une carrière où il était
si peu avancé. Le général , au contraire , aurait droit de pré-
tendre bientôt au bâton du maréchal et à l'hermine du pair de
France ; le roi signera le contrat de mariage et Egline sera,
dans Paris , une des dames les mieux en cour et , dans la pro-
vince, la première et la plus puissante. Toutes ses jeunes amies
en déroulant devant elle le tableau de ses grandeurs futures ,
faisaient résonner dans son âme une corde qui est toujours

tendue chez les femmes et dont les vibrations sont en tout temps retentissantes et rapides. Aussi, éblouie par ces riantes images, enivrée des honneurs qu'on lui faisait entrevoir, pressée par les prières de sa famille, par les sollicitations des amis de sa maison, elle céda, elle oublia le seul homme qu'elle pût chérir et promit de s'unir à un autre qui lui était complètement indifférent, mais auprès de qui elle comptait trouver et l'éclat et la félicité.

Son consentement était à peine obtenu que déjà toutes les formalités indispensables recevaient un commencement d'exécution; la demande était envoyée au ministre de la guerre et dans toute la ville on avouait hautement que cet hyménée allait bientôt s'accomplir.

Dubassin apprit cette affligeante nouvelle dans la prison d'où il devait sortir sous peu de jours et je ne chercherai point à dire combien sa douleur fut grande. Il plaignait Egline de devenir la compagne d'un pareil homme et pressentait déjà la série d'infortunes qui allait broyer cette existence naguère si paisible. Il aurait pu élever contre cette monstrueuse alliance un obstacle qu'il n'eût pas été facile de surmonter, car il n'avait pas besoin, lui, de recourir au mensonge pour noircir son rival dont les antécédents étaient hérissés de bassesses et d'infâmies et qui naguère encore avait porté le désordre et la honte dans une famille honnête qui l'avait reçu dans son sein comme un ami. Mais pour dévoiler de telles turpitudes, il fallait un cœur aussi lâche que vil et Ernest ne l'avait pas... Il était incapable de porter des coups dans l'ombre.

## VI.

Le mois de détention qu'avait à faire Dubassin venait d'expirer. Le général l'avait dispensé de lui faire la visite d'usage; mais Ernest ne voulut point laisser échapper cette nouvelle occasion de se plaindre de la rigueur déployée contre lui et se présenta chez M. le comte de ***, qui, n'étant point visible en ce moment-là, le fit prier de revenir le lendemain.

C'étaient de fiers personnages que quelques-uns des généraux qu'avait improvisés la Restauration. On ne les abordait pas facilement et ceux d'entr'eux qui avaient passé par tous les grades, oubliaient toujours qu'ils avaient été officiers subalternes avant de parvenir au commandement d'une brigade ou d'une division. Le comte de *** était de cet acabit : on n'arrivait auprès de sa grandeur que précédé par toutes les formules de l'étiquette et par toutes les prétentions de la sottise titrée. N'importe, Ernest se soumit à tous ces préliminaires, quelque fastidieux qu'ils lui parussent. Enfin, il fut assez heureux pour parler à cet homme qui, sans l'entendre, sans le connaître, sur un rapport exagéré et faux, l'avait ainsi condamné à passer un mois dans une forteresse.

Il se plaignit avec une fermeté polie et presque respectueuse ; mais ses plaintes furent écoutées avec hauteur et, dans les réponses du général, perçait un froid mépris qui n'échappa point à la sagacité pénétrante du jeune homme. Il s'appliqua donc avec un soin particulier à en chercher la cause. Heureusement que M. le comte de ***, dans sa verbeuse faconde, dit quelque chose de plus que ce qu'il voulait faire entendre et que, poussé par la juste et véhémente indignation, il se décida à mettre sous ses yeux le rapport même qu'avait envoyé contre lui M. Couriol. Il était conçu en termes si injurieux, des mensonges si atroces y étaient énoncés qu'Ernest, après avoir essayé de s'en justifier auprès du lieutenant-général, se promit de donner sa démission et de demander aussitôt après à son accusateur une satisfaction qui lui était due et qu'un lâche seul pouvait lui dénier.

M. Couriol refusa le cartel d'Ernest ;

Ernest fut destitué quelques jours après ;

Puis Egline devint l'épouse du maréchal-de-camp.

La pauvre enfant s'aperçut trop tôt que les honneurs et le bonheur marchent rarement de compagnie. Triste et souffrante, elle traîna quelques mois une existence monotone que n'embellissaient point les tendres égards d'un mari froid et égoïste.

Elle apprit, aux dépens de son repos, qu'elle avait été recher-
chée plus à cause de sa fortune que pour elle-même. Cette
conviction, jointe à quelques brusques procédés de son époux,
lui ouvrit prématurément la tombe, où elle emporta un amour
qu'elle n'avait jamais pu surmonter et qu'elle avait sacrifié
inconsidérément à de basses calomnies et à de frivoles consi-
dérations.

Jeunes filles, que sa mort afflige, donnez-lui quelques larmes et ne l'imitez pas, s'il en est temps encore.

# L'ATTENTE.

Des larmes de l'aurore en tous lieux arrosée ,
La plaine se revêt de brillantes couleurs
        Et la matinale rosée
Tombe , en perles d'argent , sur le velours des fleurs ;
        La nuit a replié ses voiles ;
        Les ténèbres vers l'occident
        Se retirent et les étoiles
        Pâlissent dans le firmament ;
        Les bois d'alentour reverdissent ,
        Les cieux reprennent leur azur
        Et sur les rameaux qui frémissent
        Se joue un vent léger et pur.
    L'ombre , en fuyant , se mêle à la lumière
        Et fait jouir notre hémisphère
        Des prestiges du clair-obscur.
C'est la nuit qui finit , c'est le jour qui commence :
        Bientôt les habitants des airs
        Vont saluer de leurs concerts
        L'astre enflammé dont la présence
        Fait le charme de l'univers...
C'est l'heure où je l'attends... c'est l'heure fortunée
Qui doit nous réunir en un doux entretien ;
Elle sera bientôt dans mes bras enchaînée
Et j'entendrai son cœur battre contre le mien...
Quand je respirerai son haleine odorante ,
Quand sa main tremblera dans ma pressante main ,
Quand son front brûlera sous ma lèvre enivrante
Et que j'aurai posé ma tête sur son sein ,
Eclat naissant du jour , beautés de la nature ,
De l'ombre et du soleil combat mystérieux ,
Des zéphirs du matin agréable murmure ,

Vous n'aurez plus alors de charmes à mes yeux:
Je ne vous verrai plus, car je serai plein d'elle...
Je n'aurai des regards que pour mieux l'admirer
Et mon cœur absorbé par son amour fidèle
      Vous oubliera pour l'adorer.


C'est que le sang qui bout aux veines du poète
N'est point semblable au sang du commun des mortels...
      C'est que sa tendresse inquiète
Emprunte chaque jour des charmes solennels
Au langage des dieux dont il est l'interprète
Et que les sentiments de son âme discrète,
Tendres comme ses vers, comme eux sont immortels.

# TABLE.